Storie ๅ briganti ciociari e altri racconti

Salvatore M. Ruggiero

(Con nota critica del Prof. Dante Cerilli)

In prima di copertina: stampa a colori titolata *Ritratto di Briganti* di autore anonimo (Secolo XIX)

"La mia mano riesce a scrivere solo quello che le detta il cuore."

(s.m.r.)

"C'era una volta una ragazza, che aveva un amico che viveva nell'ombra. Lei gli ricordava cosa si provava a sentire il sole sulla pelle e cosa si provava a respirare.

…E questo ricordava a lei, che era ancora viva."

(Anonimo)

Nota critica alle *Storie vere di briganti e altri racconti*

Posso dire di avere abbastanza cognizione di causa per individuare la differente modalità scrittoria che Salvatore M. Ruggiero adopera quando scrive testi sugli argomenti e i personaggi che più lo avvincono (come il cinema, ad esempio, ed Ingmar Bergam), di paesologia (girovagando per i comuni del Lazio e di altre regioni, ispirato da Franco Arminio che ne è il codificatore, ma ammettendo che "Pagine lepine" ne sia addirittura precorritrice), di narrativa (come nel caso delle sue recenti pubblicazioni on-line e cartacee, o di *Storie vere di briganti e altri racconti*). Se nel primo caso il tenore dello stile rispecchia la caratteristica di chi vuole informare, divulgare, riflettere e ragionare sulle condizioni della poetica e sulle "pieghe" delle personalità artistico-individuali, nel secondo caso l'impronta diaristica e del "giornale" di viaggio prevalgono con l'intento di rendere snello ed agevole il discorso sulla toponomastica, topografia, e sulla carta tematica che rappresenta una mappa socio-economica di un paese ritratto insieme ai lineamenti storici che lo hanno connotato nel corso dei secoli e nella contemporaneità. Nel terzo caso, invece, l'aspetto creativo fa germogliare l'estro di questo prosatore, che contamina le forme ortodosse del periodare per costellarle di interpunzioni e di strutturazioni che rendono soggettiva la forma della proposizione, o con l'intento di usare concordanze ardite, come traslando il colloquiale del parlato reale alla sequela cronachistica del discorso semiologico su carta. Sebbene autobiografia, storia e affabulazione pervadano la narrativa di Salvatore M. Ruggiero, nel caso specifico di *"Storie vere di briganti e altri racconti"*, lette in anteprima, l'atteggiamento poetico-estetico dei piccoli saggi e della paesologia confluisce interamente nell'economia stilistico-strutturale ed organica dell'opera; per cui non è raro trovarvi citazioni colte scaturite dalle più appassionate frequentazioni letterarie note al riguardo di Ruggiero e pittoriche (Vermeer), oppure quelle più localistiche (da segnalare la *"Storia di Coreno"* di don Giuseppe La Valle), per nulla escluse fiabe, favole, leggende, dicerie di ogni epoca di ogni nazione, ma soprattutto della Ciociaria, crogiuolo e ricettacolo di terminologie non autoctone che l'autore utilizza per rendere più autentico il parlato e sicuramente più affascinante per chi voglia scoprire connessioni etnolinguistiche ed etnostoriche. Tanto vale per la meticolosità delle descrizioni ambientali e "geografiche", quanto per le informazioni di carattere storico (peraltro consegnate nella spontaneità e nell'immediatezza di un nonno che racconti le gesta dei personaggi illustri del paese al proprio nipotino), la suggestione emotiva di luoghi, ambienti e personaggi (dico io in una sorta di psicoantropologia del vecchio e del nuovo), siano essi briganti, banditi, massaie, lattaie, preti, perpetue, contadini, pastori, botteganti, sindaci, uomini dagli atteggiamenti e dai soprannomi bizzarri che affollano le scene ricreate e dipinte come nella sensibilità di colui che attraverso la scrittura vuole creare entusiasmo e gioia allo sguardo, agli occhi (come diceva Delacroix), tanto che tutto si pervade di leggerezza e talora d'impertinenza. L'eterogeneità delle storie narrate contribuisce a vedere un diverso piano di cimento dell'autore che dalla semplice narrazione di fatti e di eventi, con la riproduzione circostanziata e circostanziale di particolari "coreografici" del racconto, passa ad una più intima atmosfera che mai indulge ad un lirismo sdolcinato dei sentimenti rievocati, in effetti, con sobrietà. Salvatore M. Ruggiero, in verità, è così anche nella vita reale, quotidiana, egli sa scherzare, sa interagire con allegria con chiunque, sa condividere una gioia, ma senza abbandonarsi ad effusioni enfatiche, esasperate ed esagerate. Come pure egli sa comprendere (nel senso del termine che anche lui usa per dire "sentire insieme", "mettere insieme" e "sentire-stare dentro") il dolore, esteriormente, con una grande forza di spirito che comprime, appunto, ogni energia negativa e quasi

8

catarticamente la neutralizza, per essere più leggero e per non far pesare sugli altri il velo della tristezza. Per questo anche quando si parla di distacco, di gente che non c'è più, i toni sono sempre quelli del narratore "regredito" che fa vivere senza eccessivi traumi anche gli eventi più brutti. Una presunta originalità di questi racconti sta nel fatto che risultano avvincenti e si lasciano leggere non perché si arrivi ad un finale a sorpresa, a un colpo di scena, ad una conclusione eclatante: ogni volta ci si accorge che questo non succede e che il punto, che chiude l'ultimo pensiero espresso o narrato, sta lì a dire che si è definito solo un episodio, che solo un quadro di vita è stato incorniciato. Ogni racconto ha la sua specialità nel suo organismo, e la sua ricchezza in un filo conduttore che ti fa leggere, come in una corsa, tutto d'un fiato, fino alla parola che fa da attracco. Il motore di questa costruzione d'intrigo è tutto ciò che emoziona il protagonista bambino o adolescente, come la scena della lattaia che scatena un sommovimento erotico nella mente del piccolo che nella ritualità della mungitura e della distribuzione del latte associa ad ancestrali sentimenti; è la descrizione raccapricciante del fatto che occorse a Marco Ruggiero detto il cannibale, il sapore di zucchero e caffè stantio nella madia della casa divisa in "quarti", il cachi sottratto nelle piratesche escursioni nel "quarto" di zia Maria la piccola, o il profumo e i colori degli alberi autunnali di zia Maria, la grande, il salotto buono di zio Peppino Barbera, maestro e sindaco, o la controversa personalità di Pascaglin'e tuppu che secondo il nonno dell'autore è come se avesse la corona in mano e il diavolo in saccoccia! Non ultimo è un chiaro accenno alle vicende politiche e amministrative di Coreno Ausonio che si è mostrata, nei secoli, sempre di spirito rivoluzionario contro l'oppressore, in epoca moderna (e anche oltre), sin dal XVIII sec., appena a un decennio dalla presa della Bastiglia, già impegnata contro le truppe francesi che scorrevano sul territorio del Regno di Napoli, e in questo si distinsero gente comune, sindaci e preti!

9

Dalla lettura di queste storie, inoltre, si ha percezione che non sia mai netto e chiaro il confine tra l'evento o fatto biografico e quello di fantasia, tra quello storico e quello puramente leggendario, nonché il paradosso a volte induce a pensare che l'autore o il popolo si siano abbandonati alle fonti dell'immaginario collettivo quasi a voler esorcizzare il male per far trionfare il bene; come quando, un tempo, nella ragione di vita o nella ragione d'essere di un accadimento si neutralizzava l'efferatezza, il disagio, una calamità, o un pauroso mistero. Eppure, una vitalità di personaggi, dalle qualità psico-caratteriali davvero esilaranti o torbide, intesse la trama di ogni racconto e lo rendono documento che tende a ricreare gli ambiti di un passato lontano, di Coreno Ausonio, ma anche recente, di cui Salvatore M. Ruggiero e qualche suo antenato (nonno, zio/zia, pro zio/zia, cugino, genitori), insieme ai "tredici casali" del paese (Vori, Onofri, Stavoli, Rollagni, Carelli, La Torre, Curti, Magni, Pozzi, Lormi, Tucci, La Piazza e Ranoccoli) sono protagonisti, e che altrimenti andrebbe perduto.

Dante Cerilli

Roma, 14 giugno 2018

1

L'efferato racconto del brigante Fortunato Gargano.

Villa Latina[1], fino a un paio di secoli fa, si chiamava Agnone. Il suo territorio montano e inospitale ospitava il brigante Fortunato Gargano e la sua banda, che da lì compiva scorrerie su tutto il territorio dell'Alta Terra di Lavoro[2]. Egli fece rare apparizioni pure sul territorio di Coreno *"ma senza lasciare nella storia una sua particolare impronta"*, come scrive Don Giuseppe La Valle nella sua *"Storia di Coreno"*. Di lui e delle sue, non gloriosissime né appassionanti, gesta si apprende qualcosa e alquanto stringatamente, solo dalla lettura di poche righe contenute nelle *"Memorie Statutarie di Fondi"*. Questo riportano quelle poche parole. *"Famoso bandito, il quale era stato il primo ad eccitare la rivolta di Agnone: depose le armi e fu perdonato dopo la distruzione della banda di Fra Diavolo."* Una legittima curiosità! Chissà se i pochi Gargano che a tutt'oggi popolano il mio paese natale non possano

---

[1] Villa Latina è un piccolo comune italiano di 1.215 abitanti della provincia di Frosinone, sito in Valle di Comino.

[2] La Terra di Lavoro è una regione storico-geografica dell'Italia Centro-meridionale, identificata nel passato anche come *Campania Felix* e oggi suddivisa tra Campania, Lazio e Molise.

essere i pronipoti del brigante senza gloria? Ad ogni buon conto la quasi insignificante storia truce delle terribili gesta del brigante senza gloria pare sia stata tramandata, e allora io ne ripropongo qui un solo episodio[3]. In una delle sue scorribande sulle montagne di Coreno, come era in uso all'epoca, non trovando altro cibo, i suoi scagnozzi avevano rubato e macellato un vitello da latte, che stava sui monti con altre bestie dei pastori corenesi. Questi si accorsero a notte fonda che all'appello mancava una delle bestie di tale Marco Ruggiero e che sicuramente era stata presa dai banditi per cibarsene, avendone trovato il sangue e brandelli di pelle. Quando i pastori tornarono a valle raccontarono l'accaduto a una squadra di civili armati che era in affiancamento ai carabinieri, per una battuta anti-brigantaggio. Il racconto è altamente istruttivo, anche perché ci spiega secondo quali modalità le autorità di polizia avevano pensato di avviare la repressione del fenomeno del brigantaggio e del banditismo. A tale scopo erano, infatti, organizzate, dalle autorità centrali di polizia, delle squadre di miliziani regolari, alle quali venivano affiancate, per la conoscenza del territorio e anche per mere ragioni numeriche, delle squadre di miliziani volontari, scelti come volontari (appunto) tra

---

[3] Il racconto mi è stato riferito in maniera stringata e molto approssimativa qualche anno fa dal mio compaesano e amico Angelo Di Siena. Io ho solo provveduto a romanzarlo.

i civili locali più validi, ardimentosi e forti. Non era raro, poi, il caso che la squadra di volontari prendesse addirittura delle iniziative e agisse *"sua sponte"*, senza dover eseguire ordini, come pare che avvenne nel caso di cui rendicontiamo. Questi uomini, infatti, senza farselo ripetere due volte, si lanciarono subito all'inseguimento della banda di Fortunato Gargano e, dopo appena qualche ora che s'erano messi sulle loro tracce, li tallonarono, e con uno stratagemma riuscirono, senza che nessuno davanti se ne accorgesse, a catturare uno degli uomini della retroguardia. Quelli davanti proseguirono per le montagne al buio e non si accorsero di niente. La guardia civile uccise il brigante, lo squartò, estrasse dal suo torace il cuore e il fegato, li avvolse in un panno che erano ancora caldi e pulsanti e tornò indietro. Quando gli uomini ebbero raggiunto il paese, entrarono nella taverna sostenendo di essere riusciti a recuperare qualche buon pezzo commestibile del maltolto e di volere con quei resti organizzare un festino. Il fegato del vitello fu consegnato al cuoco che, pare, lo preparò alla veneziana, con abbondante cipolla. Il cuore fu fatto a fette e cotto alla brace. Per festeggiare tutti assieme le gesta della pattuglia di guardie civili fu invitato a cena anche il Ruggiero. In fondo gli ingredienti del pasto erano roba sua; il fegato e il cuore, gli ingredienti basilari, li aveva di fatto procurati lui. Il

Ruggiero mangiò avidamente ma anche inconsapevolmente la pietanza che gli era stata con tanta sapienza cucinata. Gli altri, chi con una scusa chi con un'altra, non assaggiarono nemmeno un boccone dal piatto; bevvero solo e anche abbondantemente. Alla fine della cena, quando erano tutti alticci, il discorso cadde inevitabilmente sul furto del vitello e sul suo parziale ma miracoloso recupero. Qualcuno della truppa chiese al Ruggiero cosa avrebbe fatto al ladro se lo avesse avuto fra le mani. Quello, senza pensarci troppo, rispose: *"Lo avrei squartato e gli avrei mangiato il fegato! E, forse, anche il cuore."* *"E allora! Abbiamo fatto proprio bene. Caro amico Marco - replicò, pronto, qualcuno dei compagni - Proprio il fegato e il cuore di quel disgraziato di ladro ti sei appena pappato!"* E scoppiarono tutti in una fragorosa risata. L'unico che non rise, anzi che rimase molto serio, fu il povero Ruggiero, che corse fuori della taverna a vomitare anche gli occhi. E che, da allora, ebbe il soprannome di …cannibale.

2

Il breve racconto dei sette fratelli banditi della Val di Comino tutti finiti male.

La seconda storia, che racconto l'ho appresa avendola letta da qualche parte, ma ora non ricordo dove, e la riporto volentieri seppure in maniera succinta perché somiglia, per alcuni particolari e, soprattutto, per il suo drammatico finale, alla trama del famoso film di Ingmar Bergman *"La fontana della vergine"*[4], tratto, a sua volta, da una leggenda svedese del XIV secolo, *La figlia di Tore di Wange*. Narra di sette fratelli, dalla forza spropositata, che divennero, un bel giorno, tutti banditi. Venuti in queste montagne, si diedero a fare ciò che tutti i briganti facevano meglio: rubare, uccidere, sequestrare persone, violentarle e spogliarle, anche degli abiti, e far bottino, di notte, di centinaia di pecore e altri animali, che qui abbondavano e abbondano ancora. All'improvviso non si seppe più nulla della banda. Pare che cinque di essi morirono, mentre due soli sopravvissuti scomparvero nel nulla. Alcuni cittadini della Valle di Comino che, qualche

---

[4] *La fontana della vergine (Jungfrukällan)* è un film del 1960 diretto da Ingmar Bergman, tratto da una leggenda svedese del XIV secolo, *Töre's dotter i wänge*.

anno dopo, portarono al mercato di Alatri seta grezza da vendere, riconobbero i due malandrini nelle vesti di due mercanti che avevano stabilito in quella città un fiorente commercio di abiti preziosi per la festa, molti dei quali razziati nelle cittadine della valle alle signore e alle giovani vergini. Inutile dire che, anche in questo secondo caso, i due briganti ebbero la peggio: furono bloccati, arrestati, processati e posti a morte. Nel giro di appena qualche giorno, la loro sorte fu segnata, come era consuetudine giudiziaria prima dell'Unità d'Italia.

3

Il racconto breve della donna che mesceva il latte.

Avvertenza

Per la stesura de *Il racconto breve della donna che mesceva il latte*, oltre che attingere dalla scatola dei lontani ricordi della sua infanzia, l'autore ha tratto un'ampia e inaspettata ispirazione dall'omonimo dipinto di Vermeer[5]. Per onestà intellettuale egli è, però, costretto ad ammettere che nella realtà storica non è esistita una sola lattaia, avendo lui fatto ricorso, per la costruzione di quel personaggio, all'artificiosa combinazione degli elementi propri di due donne distinte. E deve anche riconoscere che la descrizione dell'abitazione della sua lattaia è stata largamente ispirata - se non imboccata - dall'esame analitico del succitato dipinto originale. Ma c'è da fare molta attenzione, giacché il racconto potrebbe contenere circostanze aggiunte arbitrariamente o liberamente

---

[5] Jan van der Meer - pittore olandese del '600, meglio conosciuto come Vermeer - è l'artefice del celeberrimo quadro *"La Donna che mesce il latte"* (chiamato anche soltanto *"La Lattaia"*).

adattate, oltre che incolpevoli (a volte) ...manomissioni. Pochi lettori, tuttavia, saranno capaci d'individuare le une e le altre. Ancora di meno riusciranno a distinguere il vero dall'artefatto.

Il racconto

Intorno ai dieci anni, quando ormai si è alle soglie dell'adolescenza e per questo motivo si dovrebbe cominciare a riflettere giudiziosamente a cosa fare della propria vita, io ho iniziato, invece, a coltivare una concezione ludica dell'esistenza, che peraltro ancora considero preziosa. Al punto che - per quanto non sia stata impresa facile - ho voluto conservarla, anche crescendo. Convinto come sono che possa aiutarmi a sopravvivere meglio. Tutto sommato, e fatta eccezione dei piccoli grandi problemi che si patiscono a quell'età delicata, potevo considerarmi un bambino fortunato, disimpegnato com'ero e sollevato da qualsivoglia onere - specie durante le vacanze estive, quando non avevo nemmeno la seccante incombenza della scuola. Nei fatti, andare a prendere il latte da una signora che abitava poco lontano da casa nostra era l'unico incarico che i miei genitori mi affidavano. Mi troverei di sicuro d'accordo con quei lettori, che dovessero considerarlo un impegno di responsabilità assai relativa. La donna di cui riferirò è ancora in vita, ma s'è fatta assai anziana. Ancora l'incontro, ogni tanto. Il marito è morto. I figli sono tutti sciamati per il mondo. Non penso che, rimasta sola, abiti ancora la vecchia casa dove andavo da piccolo a prendere il latte. Né, tanto meno, che ancora tiri su le numerose bestiole che allora possedeva. Tranne un grasso gatto tigrato, che se ne andava in giro annoiato per la casa e nei dintorni, non aveva altri animali d'affezione. Allevava, invece, per il suo personale tornaconto, una grande quantità di bestiole domestiche di piccola taglia, che lasciava libere di razzolare in cortile e un paio di grosse mucche da latte, che stavano al pascolo tutto il giorno. Ritirava le mucche solo nel tardo pomeriggio, ricoverandole per la notte nella stalla che aveva ricavato da un seminterrato sotto casa sua. Come avevano raggiunto il loro riparo si preoccupava che fossero munte, immediatamente. Ne aveva ben donde, perché da quella mungitura quotidiana, rigorosamente manuale, non ricavava mai meno di due grossi secchi colmi di buon latte fresco - trenta o quaranta litri di liquido bianco, grasso e spumoso ogni giorno. Di quell'enorme quantità conservava per le sue esigenze solo una minima parte. Quasi tutto il latte era stato destinato, infatti, a clienti abituali, scelti accuratamente tra i suoi conoscenti che fossero disposti ad accaparrarselo pagandolo con moneta sonante. Quella donna, oltre ad essere una economa esemplare era anche venale quanto bastava e da quella vendita riusciva a trarre un discreto reddito. Così si adoperava perché una tale risorsa in denaro, modesta ma costante, risultasse molto più utile del latte, alla sua famiglia - resa numerosa da una vera frotta di figli. La sua era, infatti, una famiglia traboccante. Tutti assieme, genitori e figli, costituivano un clan. Erano una vera tribù, come, per fortuna o sfortuna, oggi non si vedono più in giro tanto facilmente. Sarebbe un vero problema riuscire ad accudir le con la stessa apparente leggerezza. Mentre, con esigenze modeste e qualche ragionevole e più che salutare rinuncia, a quei tempi sembrava che anche una famiglia numerosa come quella si sostentasse praticamente da sola. Sebbene - ci sarebbe da aggiungere - le tentazioni di allora non erano quelle di adesso. Non ricordo se i figli fossero nove, dieci, o addirittura di più. Tutti minorenni. Tutti sotto i vent'anni. In pratica ne aveva sfornato uno ogni trenta mesi, in meno di un paio di dozzine di anni. Posso affermare con assoluta certezza che a nessuno di loro fosse mai stato concesso dai genitori di vivere un'esistenza scioperata. Nonostante l'età, infatti, ognuno di quei ragazzi - compresi i due o tre che erano miei quasi coetanei - s'era visto affidare dai genitori una mansione precisa. E, in effetti, nell'economia familiare, ciascuno di loro doveva presidiare una postazione precisa, adeguata alla sua forza e alle sue capacità. Ciascuno doveva portare a termine, con diligenza, il personale compito che gli era stato assegnato. Per la giovanissima età che vantavano lo facevano tutti con un giudizio e una maturità inusitati - sembravano ammaestrati. C'era chi la mattina presto, ancora prima d'entrare a scuola - quando capitava che poi ci andasse - portava le mucche al pascolo; chi provvedeva la sera al loro recupero e allo stallaggio; chi doveva integrarne la dieta, distribuendo regolarmente fieno e biada; chi le mungeva; chi si preoccupava, prima o subito dopo la cena, della consegna del latte appena munto al domicilio dei clienti che non andavano a ritirarlo personalmente - prassi alla quale io attendevo molto volentieri. Qualcuno di loro, durante il resto della giornata, si adoperava anche in altre faccende d'importanza economica più trascurabile. Così, per il fatto che i più piccoli avevano imparato assai presto a rendersi utili, e i più grandi, frequentando saltuariamente la scuola, in pratica già lavoravano tutti - oggi si direbbe part-time - dal primo all'ultimo di quella prolifica cordata erano apertamente indicati in paese come sfolgoranti esempi d'assennatezza; erano continuamente citati - specie da mia madre - come veri campioni d'ubbidienza e devozione ai genitori. A me sembravano semplicemente affetti da crisi acute di serietà precoce, all'epoca peraltro non del tutto inusuali in bambini di quell'età. Ma, sempre secondo la personale ed autorevole opinione di mia madre si trattava di modelli da tenere nel debito conto - anzi da imitare assolutamente. Per questo motivo sebbene alcuni fra loro, nei loro rari momenti liberi, fossero miei compagni di giochi, a volte ero portato a detestarli - pratica alla quale attendevo solo intimamente. Io pretendevo di conoscere bene la verità che si nascondeva dietro la loro presunta fortuna e, ai miei occhi, quella condizione si presentava molto meno felice di come potesse apparire all'esterno. In pratica fin dalla nascita quei piccoli poveri cristi avevano subito un'educazione severa. Sia il padre che la madre s'erano rivelati assai meno moderni e liberali della media dei genitori del paese - che non brillavano certo per larghezza di vedute. Pure conservando l'indubbio merito di avere prima instillato e poi saputo coltivare nei figli un auspicabile ma, per conto mio, troppo anticipato senso di responsabilità, li avevano costretti, in buona sostanza, a saltare una comoda e piacevole fanciullezza e a confrontarsi precocemente con la durezza della vita - a mio parere avevano esagerato. Ridotti a vivere una sorta di cattività, quei ragazzi, che a me, onestamente, parevano vessati da genitori troppo esigenti e severi, si erano guadagnata tutta la mia commiserazione. Nutrita solo nei recessi più nascosti e profondi del mio intimo, anch'essa restava inespressa manifestamente. All'epoca non riuscivo a comprenderne appieno i motivi, ma andare a prendere il latte era per me come intraprendere una specie di viaggio nel tempo. Sebbene, infatti, ci andassi tutti i giorni, ripetendo ogni tardo pomeriggio lo stesso tragitto, e raggiungendo la medesima casa, ogni volta era come se andassi per la prima volta. Avvertivo sempre una identica profonda emozione. E sempre catturato da un'incontrollabile agitazione, continuavo a provare la stessa strana euforia che solo una morbosa e ossessiva curiosità infantile può procurare. Non vedevo l'ora che mia madre m'impartisse quell'ordine. Anzi, bastava solo che mi lasciasse intendere che era arrivato il momento d'andare perché, con uno spirito d'iniziativa che non avevo per nessuna delle altre faccende casalinghe, afferrassi saldamente dal manico il secchiello di stagno, col tappo a vite, che avevamo riservato a quell'esclusivo utilizzo, e mi avviassi, veloce e pieno di aspettative inconfessate, verso quella meta tanto singolare. Così arrivavo in un attimo di fronte all'ingresso dell'abitazione, ansimante, per aver corso a perdifiato. A dispetto del penetrante olezzo di stallatico che a quei tempi invadeva il piccolo spiazzo davanti alla casa, potevo ritenermi al cospetto del più antico palazzo signorile di tutto il paese - o, comunque, uno dei primi mai costruiti. E mi pareva doveroso trattenermi, almeno per un po', ad osservare il maestoso portale incorniciato da un gigantesco arco di pietra viva, che recava scolpito, al centro della chiave di volta, lo stemma nobiliare della facoltosa casata fondatrice. Mentre fantasticavo sulle sembianze, sull'abbigliamento, sui modi e sulle abitudini di vita dei suoi antichi abitanti, mi scoprivo a congetturare che, di certo, quel palazzo non poteva essere appartenuto da sempre alla famiglia che lo occupava al momento. Anche ai miei occhi risaltava evidente la differenza di ceto sociale che doveva separare i vecchi inquilini dai nuovi. Se il pesante portone di legno che mi trovavo davanti a sbarrarmi il passo era dischiuso mi cimentavo in un gioco divertente che ripetevo ogni volta. Con una costante pratica quotidiana avevo imparato ad aggrapparmi con la mano libera al grosso batacchio di ferro e, contemporaneamente, a spingerlo con tutta la mia forza. Così, puntati i piedi su quello che rimaneva del bordo sporgente del montante, mi facevo trascinare all'interno dal suo peso. Con quell'espediente mi ritrovavo sbalzato nell'androne in un attimo. Atterravo ai piedi di una ripida e scura scalinata di pietra viva, da dove prendevo subito a urlare a squarciagola il nome della padrona di casa: per avvertirla del mio arrivo e per indurla ad accendere l'unica debole luce che dava sulle scale. Per quanto all'esterno fosse ancora giorno, l'interno di quella vecchia abitazione versava già nell'oscurità più assoluta. La donna rispondeva, anch'essa ad alta voce, al mio richiamo: per scansare il rischio che, non udendola e pensando che non fosse in casa, potessi tornarmene indietro a mani vuote. Avrebbe perso una parte del suo prezioso incasso giornaliero: non poteva permettersi quello che per lei sarebbe stato un vero lusso. Di conseguenza stava sempre con le orecchie ben tese per avvertire la presenza di chiunque arrivasse a cercarla - quindi per sentire anche me. Così, mentre accendeva la luce - conservando un residuo di riluttanza, perché fuori era ancora giorno e la luce bisognava accenderla solo di notte - m'invitava a raggiungerla e a raccomandarmi, per l'ennesima volta, di prestare molta attenzione nell'ascesa. Considerandomi ormai grande e ritenendo, quindi, che il suo scrupolo nei miei confronti fosse mal riposto, quel suo comportamento aveva, ogni volta, l'effetto di indispettirmi. Anche con la luce accesa la luminosità restava ugualmente scarsa, in ogni caso era inadeguata. Quella penombra, costante e inestinguibile, avrebbe ostacolato chiunque nel perfetto avvistamento degli scalini, che, oltre ad essere molto alti per un bambino della mia età, avevano cigli scivolosi, levigati dall'uso secolare. Non finivo di mettere piede sul pianerottolo che ero assalito, come sempre, da un odore forte e acre, una miscela nauseabonda di latte acido, piscio di gatto, polvere, muffa e fuliggine, che mi bruciava le narici. Intanto avevo scoperto la donna nel suo cucinino affumicato e disadorno. Sembrava non si fosse mai allontanata da lì: era, come sempre, dove l'avevo lasciata il giorno precedente, in piedi davanti al tavolo. Sotto la perpendicolare di un ricciolo di carta moschicida appeso da anni al portalampada. Il petto pieno stretto in un corpetto color senape; la vita cinta da uno zinale blu che copriva gli abbondanti drappeggi di una gonna di panno lunga fino alle caviglie. Il solo abbellimento della stanza era una fila bassa di piccole piastrelle di ceramica decorate con amorini, dipinti in blu di Delft, su fondo bianco; l'unico pezzo di mobilio, degno di questo nome, che ricordo dell'ambiente, era un enorme canterano intarsiato, dipinto con motivi floreali. Pure attaccato irreparabilmente dai tarli, conservava parte del suo antico fulgore, riuscendo a farsi notare. Sebbene siano passati molti anni, non faccio molta fatica a richiamare alla mente anche il misero rimanente - certo meno ambizioso dell'antica cassettiera - di quell'arredo desolante e rabberciato. La donna, quasi con ostinazione, continuava a tenere attaccati alle pareti - o, più semplicemente, li aveva dimenticati lì appesi per anni - una quantità di vecchi utensili sbreccati, vere carabattole. L'unico che, miracolosamente, appariva ancora lucente era un recipiente di metallo, forse di rame, un trabiccolo dal lungo manico e dalla forma tondeggiante. Per il resto aveva messo assieme una vera e propria esposizione di oggetti inutili ed obsoleti, una teoria inesauribile di ninnoli antiquati e bagattelle decrepite - insomma, puro ciarpame. Sui muri del cucinino, tutto uniformemente coperto dall'identico spesso strato di polvere e fuliggine, una gerla di vimini; uno scaldino d'ottone; una lanterna a petrolio; un piccolo quadro sacro con l'immagine scolorita; un graticcio di canne; un setaccio ormai inservibile, perché malamente sfondato. A terra, l'immancabile trappola per topi, una scatola di legno piena di buchi - diventata, per ironia della sorte, il rifugio preferito del grasso soriano; una paletta di ferro battuto, consumata dall'uso e largamente intaccata dalla ruggine; l'attizzatoio, le molle, la paletta e tutti gli altri canonici attrezzi per il fuoco, compresa una coppia di alari - anch'essi corrosi irrimediabilmente. Infine una scatola di cartone - che la donna, evidentemente, usava come porta legna - era sistemata in bella vista accanto al piccolo camino caliginoso. Sul tavolo, oltre ai numerosi recipienti impiegati per la misura del latte, campeggiavano una caraffa di bronzo col coperchio, una specie di tankard panciuto e una capace ciotola di terracotta scheggiata: si vedeva chiaramente che cadendo per terra s'era spaccata in tre grossi pezzi. Ma non era stata buttata. Era stata recuperata all'uso quotidiano ricongiungendone le parti con quattro o cinque punti di filo di ferro. Il tutto era in compagnia di un cestino di giunchi intrecciati, sul cui fondo erano conservati - sembravano malinconicamente giacenti - due o tre piccoli pani gialli di granoturco. Ormai nessuno impasta più quel pane, ma - lo ricordo bene - era molto buono per la zuppa di fagioli o semplicemente da sbocconcellare a fine pasto - magari come surrogato di un dolce che alla fine dei nostri pasti non c'era quasi mai. La donna che mesceva il latte - così avevo preso a definirla nell'intimità dei miei pensieri - era, come sempre, indaffarata. Vuotava, riempiva, spolverava, puliva, lavava, sciacquava, risciacquava, asciugava, riponeva, sistemava. Come fosse incapace d'aspettare i suoi pochi avventori, per fare qualcosa di veramente utile, standosene semplicemente seduta a braccia conserte. E come ogni giorno sempre verso quell'ora, era applicata a filtrare il suo prezioso liquido - per ricavarne le consuete porzioni. Ella sola sapeva quanto latte avrebbe chiesto ognuno dei suoi clienti. Così, invece di dosarlo davanti a loro, preferiva avvantaggiarsi nel lavoro. Non avevo mai visto la donna consultare appunti o carte scritte, quindi, da quest'unico ma determinante dettaglio, posso ora dedurre che conservasse ben chiari nella testa i nomi di tutti i suoi clienti e che avesse mandato a mente l'esatto fabbisogno giornaliero della famiglia di ognuno di essi. Così la vedevo attingere il latte col mestolo, direttamente dal secchio traboccante che teneva rialzato da terra su un panchettino di legno a tre gambe, per versarne, poi, un'esatta quantità nelle misure di stagno di volumi diversi disposte in bell'ordine sul tavolo - saggiamente, ma anche inutilmente, aveva badato a rivestirne lo sconnesso ripiano di legno con una tovaglia di tela cerata. Il suo lavoro, che per il resto appariva agile e spedito, era curiosamente rallentato proprio dal latte. Che sembrava ostinato a non voler cadere direttamente nelle misure e nei contenitori, ma vi colava lentamente, dovendo filtrare attraverso le fittissime trame di uno strofinaccio di canapone quadrettato - un passino improvvisato - che lei usava, opportunamente, per liberare il latte da eventuali impurità. Solo dopo aver effettuato quell'operazione certosina la donna riversava - ora più speditamente - la precisa quantità di latte richiesta nei secchielli di stagno o nelle bottiglie di vetro. Recapitati in precedenza, vuoti e ripuliti, dai suoi clienti, oltre che avere forma diversa, i recipienti differivano anche nel materiale e nei colori. Mentre la donna che mesceva il latte attendeva al suo lavoro, gli ultimi raggi di sole prima del tramonto, ormai poco più che tiepidi, penetravano nella stanza. E, irrompendo, quasi di forza, dalla finestra, trapassavano da sinistra la scena che vi si svolgeva. Nel cucinino della lattaia, ancora prima che fuori, anche quell'altra lunga giornata estiva morente stava cedendo il suo posto al crepuscolo - pigramente, quasi con riluttanza. Gli ultimi bagliori dorati del sole, che all'esterno disponeva perché il riverbero d'ogni suo singolo raggio andasse ad incendiare un tetto del paese, circonfusi nell'angusto locale, contribuivano a creare un'incantevole atmosfera rarefatta - uno sbalorditivo drammatico effetto di luci e ombre. Un'aura irreale, quasi metafisica, avvolgeva l'ambiente e tutto ciò che, animato o inanimato, vi si trovava al momento. Era come perdere gli occhi in uno spettacolare caleidoscopio; come mirare nella stessa camera oscura del pittore[6]. Ricordo che la donna, agghindata come Griet - la fanciulla che a suo tempo fu la vera fantesca

---

[6] È fatto noto - ma controverso, tra gli esperti d'arte - che Vermeer fosse solito ricreare nel suo studio l'assemblaggio dei soggetti che intendeva riprodurre nei suoi quadri, controllandone l'assetto attraverso l'obiettivo di un innovativo strumento ottico, chiamato appunto "camera oscura".

del maestro - dalle guance rubiconde ma dall'incarnato eburneo, certamente non giovanissima - anzi, ormai prossima alla sfioritura - nemmeno bella e vestita assai dimessamente, aveva un solo trascurabile vezzo. Per stare a posto l'intera giornata - come non disponesse di tempo in eccesso per acconciature più frivole ed elaborate - era solita raccogliersi i lunghi capelli neri in tante ciocche sottili, che, intrecciate fra loro, formavano due voluminose trecce. Ognuna di quelle, principiando dal lato opposto, incrociava più d'una volta sulla testa, e veniva assicurava all'altra con una serie di forcine di metallo brunito - a formare un serto tondo poco sopra la nuca. La donna, poi, copriva le trecce, e anche buona parte della testa, con una pezzuola bianca, inamidata e pulita, che assumeva la forma di una cappuccina, spartana e stecchita, simile a quella delle monache che popolavano numerose il non lontano convento. La sua disarmante semplicità e i soverchi pensieri la tenevano lontana da altri rituali e capricci propri del sesso femminile. Non doveva averne più di quaranta, ma il fatto che avesse adottato quell'acconciatura polverosa, e che indossasse ostinata gli abiti tradizionali, la faceva apparire di molti anni più anziana della sua legittima età. Le mancavano un paio di tradizionali klogs di legno ai piedi, un colletto plissettato di pizzo bianco di Fiandra, una pesante secchia di legno in mano, e sarebbe stata una perfetta zitella fiamminga del '600, appena uscita da un beghinaggio sullo Spuij[7] per la spesa quotidiana al mercato. Eppure …eppure la sua figura procace, ben dotata di forme morbide e piene, perfettamente intuibili anche sotto una tenuta così opprimente, conservava ugualmente un suo personalissimo fascino e, irradiando un alone d'attrattiva, mi colpiva, turbandomi nel profondo dell'animo. Avrebbe indubbiamente impressionato anche un osservatore più distratto di me l'immagine, eterea ma nitida, di quella donna che sembrava aspettare la luce migliore, anzi il miglior effetto di controluce, per dedicarsi al suo lavoro. In piedi, ferma davanti al tavolo, nel suggestivo cono luminoso esploso dalla piccola finestra aperta al suo fianco, quasi estraniata dalla materialità circostante, si dedicava a una serie infinita di operazioni, diverse fra loro ma tutte tese ad un unico scopo, che eseguiva a memoria; risultando così ben impratichita da procedere sempre con misurata precisione dei gesti; abile a conservare nelle mani movenze accurate, leggere, delicate, e a porre un'attenzione meticolosa in ciò che stava facendo, finiva per agire con una grazia e un'eleganza

---

[7] Vecchio quartiere centrale di Amsterdam che ancora ospita il beghinaggio più antico di tutta l'Olanda.

insospettate, riuscendo a non fallire mai l'invidiabile risultato di evitare che una sola goccia di latte andasse perduta. Irradiava, tutt'intorno, un non comune senso d'ordine, pace, perizia, e semplicità. Lo so che a riferirlo correrò il rischio d'apparire un povero visionario, ma più di quarant'anni dopo, riconsiderando nella mia mente quello spettacolo, penso d'avere finalmente indovinato lo strano sortilegio che mi attirava, ogni sera, in quella stanza senza abbellimenti eppure ammaliante. La scena - solo apparentemente banale - alla quale assistevo da privilegiato testimone, sembrava realizzarsi in una dimensione senza tempo. E, intorno a me, si diffondeva una sorta di sottile tensione erotica, che, pure, bambino e con l'animo in disordine, riuscivo ugualmente a percepire. Tutto ciò che vedevo: la donna; il latte; il luogo antico e impolverato dove l'azione si svolgeva; l'aura di fiaba in cui mi sembrava di vivere; i colori tenui della visione; la strana luce tiepida che invadeva la stanza, altrimenti buia, contribuiva a creare un incanto. Tutto aveva il prodigioso potere di abbagliarmi e stregarmi; di rapirmi e proiettarmi nell'identica ovattata dimensione, sospesa fuori del tempo, che anche Johan van der Moor ebbe certamente occasione di contemplare e ammirare - centinaia d'anni prima; a distanza di migliaia di chilometri. Delft,

33

Olanda, A. D. 1658. Un maestro olandese schivo e riservato, genio assoluto del colore e della luce - meglio conosciuto col nome di Vermeer - aveva esaminato, con l'attenzione propria di un entomologo, una persona che agiva in una situazione innegabilmente somigliante a quella che si creava nel cucinino della mia lattaia - nella medesima sottile atmosfera. Ne era stato sopraffatto. Al punto da vedersi costretto a rubare quella scena alla realtà, impadronirsene, vivisezionarla, ricostruirla fedelmente nel suo studio. Per riprodurla, infine, sulla sua tela. Quel suo progetto ambizioso aveva ottenuto l'esito atteso. S'era realizzato in un modo così sublime, con tale stupefacente nitore, da consacrarlo nel merito d'aver saputo estrarre dalla sua prodigiosa tavolozza un capolavoro dell'arte immortale. Più di tre secoli dopo, avere accesso a quel posto significava per me spingermi dentro quella tela - finire per esserne una parte. Avevo scoperto di vestire i panni dello spettatore all'interno dello stesso, straordinario dipinto che l'artista aveva intitolato la lattaia. Mi sembrava di vivere quei lunghi attimi più vicino all'età di mezzo che alla, ormai prossima, fine del secondo millennio.

...Oggi, a più di quarant'anni da quei giorni felici, ogni tanto ancora richiamo alla mente quella piccola grande magia, realizzata inconsciamente da un personaggio dimesso, quasi sciatto, col miracolo di semplici gesti quotidiani, ripetuti al cospetto di un ingenuo bambino. Penso ancora a come quel bimbo, che attendeva fremente di diventare preda arrendevole di quelle strane inquietudini, andava a procurarsi, nella naturale luce del crepuscolo, l'ennesima occasione per sperimentare le sue prime emozioni dei sensi. Riesco addirittura a rivederlo mentre torna verso casa: ha in mano un secchiello di stagno pieno di latte. E mi sembra perfino di scorgerne l'espressione - insieme, inebriata e delusa - che si porta dipinta sul volto. La stessa di chi è rassegnato a un'attesa impaziente lunga un giorno.

4

Il racconto della strage dei soldati francesi a Coreno nel marzo del 1799.

Presentazione

Il racconto che vi accingete a leggere non è tutto falso, nel senso che non è tutto inventato e, quindi, frutto della mia fantasia; alcuni spunti, infatti, sono veri, ed hanno precisi riferimenti storici a fatti, a nomi, a relativi personaggi realmente esistiti. Ma non è nemmeno tutto vero, nel senso che nella sua costruzione ho fatto lavorare, oltre che la mera documentazione, anche una fervida fantasia. Il racconto, quindi, se da una parte può considerarsi come una buona metà del frutto maturo di una semplice appassionata - seppure, per certi versi, disordinata e abrupta - ricerca storica; dall'altra - la metà restante del pomo - si deve considerare come la mia schietta invenzione personale usata da collante per le notizie storiche che avevo attinte e messe assieme. Insomma, un esempio - non so se riuscito o meno: questo lo stabilirete voi! ma certo ambizioso - di come le piccole storie degli uomini possano intrecciarsi, nei libri, con la Grande Storia dell'Uomo. Del resto - e chi mi conosce questo lo sa - io preferisco di gran lunga narrare, che teorizzare inutilmente. L'idea primigenia - diciamo il soggetto (non originale) - mi è venuta leggendo un libro di storia, anzi il libro di storia, anzi il libro de *"La Storia di Coreno"* di Don Giuseppe La Valle. Proprio da quel libro ho attinto, oltre che l'argomento bello e fatto, anche buona parte delle notizie sul paese e sulla sua gente, e anche buona parte dei nomi dei posti e dei protagonisti ed anche il breve rendiconto storico della strage (vera) dei soldati francesi, poi tumulati in fondo al pozzo. Tutto il resto, come al solito, lo ha fatto la mia sgangherata fantasia, unita alla mia malferma (in)capacità di narratore. Insomma, nel racconto sono mischiate, spero nella giusta misura, realtà storica e finzione narrativa; ma non chiedetemi dove sia l'una e dove (magari) è nascosta l'altra. Ormai lo ignoro, perché, alla fine, anch'io mi sono convinto che davvero le cose possano essere andate come le ho scritte e raccontate. Del resto: cosa c'è di più vero del verosimile?

Antefatti storici

A un decennio dalla Rivoluzione, tra la fine del 1700 e gli inizi del 1800 - ancora più esattamente tra il 1798 e il 1806 - le truppe francesi, per due volte, entrarono sul territorio della penisola e, per due volte, occuparono il Regno di Napoli; e per due volte, ancora, provocarono la violenta reazione delle popolazioni locali contro l'occupazione straniera; una vera e propria rivolta armata. I fatti di cui si narrerà in questo libro si riferiscono alla prima delle due sollevazioni popolari, la rivolta che è passata alla storia sotto il nome di Rivoluzione Napoletana del 1799. Alla metà del mese di febbraio dell'anno 1798 le truppe napoleoniche comandate dal generale Berthier occuparono Roma e deposero Papa Pio VI°, proclamando la Repubblica. Poi da Roma scesero fino alla pianura Pontina e alla Terra di Lavoro, spargendo morte e seminando terrore. Fu un saccheggio tremendo e continuo e ininterrotto. Alla fine del 1700 i francesi avevano invaso l'Italia, ed occupatala quasi tutta, si erano spinti, nel mese di febbraio, fino al Regno di Napoli. Dopo mesi di invasione e di guai i francesi, malvisti, furono oggetto di una vera e propria rivoluzione; abbandonarono Napoli e l'Italia e tornarono verso la Francia. Il re Ferdinando IV° tornò sul suo legittimo trono, tra il giubilo dei suoi sudditi. Seguirono quasi 5 anni di tregua, fino a quando l'esercito francese, nel 1805 capitanato da Giuseppe, fratello di Napoleone, autoproclamatosi Imperatore della Francia e Re d'Italia, costrinse di nuovo alla fuga in Sicilia, a Palermo, Ferdinando IV°. Quando Giuseppe fu chiamato sul trono di Spagna, ad occupare il suo posto a Napoli fu Gioacchino Murat, cognato di Napoleone. Il suo regno fu caratterizzato da una vessazione continua a carico dei sudditi: coscrizione generale di tutte le famiglie; leve continue di soldati; fondiaria all'eccesso; imposizioni e dazi di ogni specie. Anche le popolazioni più pacifiche dell'Alta Terra di Lavoro furono allora chiamate dalle loro coscienze ferite e offese a rivoltarsi contro l'oppressore. E così fu! Quando i corenesi videro il fumo che si levava dalla vicina Traetto, messa a ferro e a fuoco dagli stessi abitanti, rivoltatisi contro i francesi, e conobbero i gravi fatti di sangue avvenuti anche a Castelforte, decisero che era arrivato il momento di cessare il doppio gioco e di pensare alla tremenda vendetta. Quelli che ho faticosamente ricostruito e che cercherò di narrare di seguito sono i fatti romanzati da me, ma verosimilmente accaduti in quella drammatica giornata a cavallo della metà di marzo dell'anno del Signore 1799.

Il racconto

Quella mattina presto, quando il vecchio prete Don Giovanni Di Siena fu svegliato all'improvviso dalla fedele perpetua Sandella non era ancora scoccata l'ora del lupo: l'ora nella quale la maggior parte delle persone nasce o muore, l'ora delle paure più ancestrali, l'ora che succede immediatamente alla notte più buia e che precede l'alba, ma quando la luna non è ancora tramontata e il sole non è ancora spuntato in cielo. E di certo, quel prete di campagna, uno dei dieci preti che risiedevano contemporaneamente nel piccolo villaggio tra le montagne, con dodici tra chiese e cappelle, non poteva nemmeno lontanamente immaginare quello che sarebbe successo nel corso di quella giornata appena iniziata con la chiamata urgente di una estrema unzione. Cose così straordinarie e importanti che gli abitanti di Coreno avrebbero letto più di cento anni dopo solo nei libri di storia. "Tanti giorni, tante ore, per morire nella grazia di Dio e quel vecchio pazzo ultraottantenne di Salvatore il cositore proprio oggi doveva scegliere per andarsene?" Aveva pensato Don Giovanni. Ma lui, così ligio al dovere e al suo ufficio, non aveva mai pensato di declinare il gentile invito del figlio a raggiungere al più presto la loro casa, anzi, avrebbe passato le Alpi camminando sulle ginocchia pur di arrivare prima della comare secca; pur di raggiungere in tempo il capezzale e benedire il vecchio morente prima che esalasse l'ultimo respiro. Quando la fedele perpetua Sandella gli aveva portato nel letto la notizia della chiamata urgente Don Giovanni non era ancora arrivato al terzo sonno. La donna, che stava con lui da quando, appena uscito dal seminario, era stato nominato dal Vescovo di Gaeta, una trentina d'anni prima, era entrata come una Erinni nella sua stanza, quasi aveva sfondato la porta con una spallata, con addosso il pesante scialle di lana che non si toglieva mai - nemmeno d'estate - e la candela in mano, e lo aveva quasi scaraventato giù dal letto dandogli una delle sue poderose smanacciate sulle spalle. La stessa identica energia con la quale smanacciava nella vecchia madre di legno l'impasto del pane che almeno una volta a settimana faceva in casa, da almeno cinquant'anni. Si era solo sincerata che il pitale per la notte non fosse da svuotare poi, come se niente fosse successo, ma solo quando fu sicura di averlo svegliato definitivamente, perché lo aveva visto seduto sul letto a stropicciarsi gli occhi con entrambe le mani, era scesa, borbottando, al piano di sotto, per accendere la cucina a legna, per fare il caffè e per scaldare il latte: sapeva bene che il suo Don Giovanni, per nessuna ragione al mondo, sarebbe uscito di casa senza aver prima consumato una robusta colazione contadina - come la chiamava lui. Una zuppa di latte gigantesca che lei gli serviva da anni nella stessa insalatiera piccola e sbreccata e che consisteva in un mezzo litro di latte abbondante e fumante, appena sporcato da un goccio di caffè nero caldo, e due o tre spesse fette di pane, praticamente, una mezza pagnotta di pane casareccio tuffata dentro a spugnare lentamente. Un paio di cucchiaiate piene piene di miele di carrubo, del quale andava pazzo, ben sciolte e il prete sarebbe stato bene fino al lontanissimo pranzo di mezzogiorno. Non era ancora passata mezz'ora dalla chiamata e lui era già pronto ad uscire. Per non perdere il vizio aveva anche trovato il tempo di dire due o tre preghiere del mattino. Invece, non aveva trovato il tempo, né la voglia, di farsi la barba. Non ci pensava nemmeno di radersi alle quattro del mattino e per giunta in pieno inverno. Eppoi era diventato un suo piccolo vezzo: d'inverno amava portare la barba lunga di tre giorni. Ogni tre giorni l'accorciava con la forbice affilata che il barbiere Angelo Farina gli aveva regalato, appena arrivato in paese, insieme a un altrettanto affilato e prezioso rasoio col manico d'osso vero. Poi, quando l'aria cominciava a scaldarsi, in primavera inoltrata, ricominciava a radersi, provando un vero piacere fisico. Uno dei pochi. Dopo aver fatto colazione, rifocillato per bene, Don Giovanni era sceso fino al portone, aveva tolto la pesante sbarra di ferro e, girando il chiavistello, l'aveva aperto. Come era solito fare, prima di uscire, si era fermato un momento e si era affacciato sull'uscio della canonica che dava sulla stradina in discesa che separava la chiesa e la canonica dalla piazza principale del paese, guardando prima a destra e poi a sinistra. L'alba non era ancora spuntata e non sapeva se quel giorno avesse visto in cielo un timido sole; la luce dell'unica lampada a olio accesa in piazza era scarsa e lui non era riuscito a vedere niente. Ma tanto non c'era niente da vedere, là fuori. Ma tanto nemmeno s'aspettava di vedere qualcosa. Era solo un'abitudine innocua benché inveterata.

Era una mattina presto di un giorno della metà di marzo dell'Anno Domini 1799, faceva molto freddo e la neve aveva continuato a cadere copiosa durante tutta la notte. Una neve bianca bianca, fitta fitta, che in qualche ora aveva coperto tutto e si era perfino attaccata ai muri e alle finestre, smossa e mulinata, quand'era ancora in aria, da una tramontana, che al paese, in quel periodo dell'anno era di casa, ogni santo giorno. Poi, all'improvviso, era cessata, ma qualche fiocco ghiacciato continuava a cadere, anzi a muoversi in orizzontale, spinto velocemente da folate di vento freddo. Una delle tante folate di vento ghiacciato che scendeva da Costamagni colpì il vecchio prete Don Giovanni Di Siena[8] in pieno volto come un pugno di ferro. Gli fece quasi male fisicamente. La sua faccia sembrava improvvisamente trasformata in un puntaspilli, tempestata com'era di minuscole punture ghiacciate. Il vento gelido gli frustava le guance e gli

---

[8] Un prete con questo stesso nome viene citato tra i tanti preti presenti all'epoca a Coreno nel libro *"La Storia di Coreno"* di Don Giuseppe La Valle:

trafiggeva le pupille; l'odore ferroso del freddo gli
bruciava le narici ad ogni respiro; lui, per tutta risposta,
chiamato dal suo ufficio ineludibile, chiuse intrepido la
bocca, strizzò gli occhi, si alzò per bene il lungo bavero
del tabarro, dentro al quale si era avvolto,
arrotolandoselo addosso un paio di volte, si appiattì per
bene, con due colpi ben assestati del palmo aperto sulla
testa, il cappellaccio di feltro a falde larghe dal quale
non si separava mai quando usciva fuori d'inverno e
scese i tre gradini tre che lo separavano dalla strada.
S'incamminò, finalmente, attraversando veloce la
piazza deserta. E sparì subito nel buio pesto che
l'attendeva nello stretto Vicolo delle Carceri, vicino
alla Casa della Corte, oggi Casa Comunale; già casa
Petricone Diomede, ora casa Di Massa. La casa dove
era nato, dove abitava, dove aveva sempre lavorato, e
dove sarebbe morto Salvatore il cositore stava in salita,
in un vicolo stretto, appena passato, sulla destra, l'Arco
dei Carpentieri. In tutto distava un centinaio di metri
dalla canonica. Ma in quella notte buia, con quel tempo
da lupi e con quel freddo a Don Giovanni quei cento
metri erano sembrati un centinaio di chilometri. Li
aveva percorsi non perfettamente dritto, ma
praticamente piegato in avanti, quasi a metà, andando
faticosamente controvento e quasi in apnea.
Calpestando il tappeto soffice della neve che stava già

trasformandosi in ghiaccio. E si era accorto così che il rumore dei passi che calpestavano la neve fresca era praticamente lo stesso di quando aveva dieci anni. Ne erano passati quaranta. Se poi, al già tragico rito dell'estrema unzione, per il quale era stato chiamato e che lo attendeva, avesse aggiunto i pessimi auspici che tutti avevano tratto dall'eclissi solare del 11 febbraio appena passato, le allarmanti notizie riguardanti le truppe francesi ormai allo sbando che sciamavano per tutta l'Alta Terra di Lavoro facendo il bello e il cattivo tempo e, per finire, il retrogusto amarognolo di un cattivo presentimento che aveva in bocca da quando era stato svegliato di soprassalto la mattina presto, il quadro nefasto di quella giornata appena iniziata e già nera sarebbe stato completo. Se tutto fosse andato bene comunque si sarebbe conclusa con un funerale - pensò il prete. Se tutto fosse andato male chissà cosa sarebbe potuto accadere. E un attimo dopo si trovò davanti la porta del povero Salvatore. Afferrò il batacchio freddo di bronzo e, quasi per scrollarsi dalla mente quei brutti pensieri, lo sbatté con forza due o tre volte. Assorto e infreddolito com'era non s'era nemmeno accorto che la porta era solo socchiusa e che l'ingresso e le scale erano rischiarate da una lampada ad olio lasciata lì per fare luce proprio a lui. Ebbe appena il tempo per pensare a quanto premurosi e ossequiosi fossero i suoi amati fedeli che subito fu raggiunto dal figlio di Salvatore, un trentenne robusto e irsuto che gli si parò davanti per prendergli il tabarro e scortarlo alla camera da letto dove giaceva il padre. Nello stesso momento in cui Don Giovanni si apprestava ad impartire il sacramento al moribondo, in quasi tutte le abitazioni dei tredici casali del paese i fuochi erano stati accesi, l'acqua calda sobbolliva già nei cocci e, per piccoli e grandi, s'improvvisava una parca colazione fatta di latte allungato con caffè d'orzo, accompagnato con qualche tozzo di pane raffermo. I più abbienti avrebbero aggiunto al primo e in qualche caso unico pasto caldo della giornata, anche qualche noce e qualche fico secco, presi dal fondo della grossa panca di legno di quercia che in tutte le case del paese faceva anche da dispensa. I capifamiglia e i cinque eletti dal popolo alla carica di amministratori, dopo che Antonio De Gori, sindaco nel 1799, sarebbe decaduto dalla carica, si erano dati appuntamento di buon'ora, per le sei del mattino, alla taverna del Pipistrello. Ordine del giorno: discutere il da farsi dopo le notizie giunte, a tarda sera del giorno precedente, dalla vicina Castelforte. La ferale notizia, infatti, portata al galoppo da un abitante di Ventosa che aveva assistito da un'altura ai tafferugli avvenuti al centro del paese, consisteva nella rivolta scatenata dagli abitanti contro le truppe degli invasori francesi. Qualche centinaio di persone armate di forconi, badili, asce e falcioni, ne avevano malmenati, feriti e trucidati molti, mettendo in fuga i pochi che erano riusciti a salvarsi dal macello. Quello che restava del distaccamento francese si era faticosamente riunito in un casale disabitato nelle campagne della contrada Aurito, ad appena qualche chilometro da Coreno, e sarebbe sicuramente passato nelle vicinanze del paese o attraverso il centro per raggiungere e aggregarsi al comando francese di stanza ad Ausonia. Una compagnia di cinquanta soldati, esattamente quarantanove, malamente armati, benché stanchi, affamati e morti di freddo, di lì a poco sarebbe potuta sfilare lentamente attraverso il decumano principale del paese e, percorrendo la vecchia via delle Strammete, avrebbe tentato di raggiungere la vicina Ausonia. Da lì, unendosi a quello che rimaneva del potente esercito invasore francese, avrebbe cercato d'imbarcarsi a Gaeta e di tornare in Francia. Gli abitanti di Coreno, date le scarse simpatie provate per i francesi, specie dopo che Napoleone era tornato per insediarsi sul trono che era stato dei Borbone, si erano posti una domanda più che legittima; volevano meditare bene sul da farsi: vendicarsi delle vessazioni o costruire ponti d'oro ai soldati francesi? Far pagare care ai francesi le costrizioni generali, le leve continue e obbligatorie e tutte le altre imposizioni o accelerare la loro fuga? Di questo avrebbero animatamente discusso quella mattina presto. I primi ad arrivare alla taverna del Pipistrello, ch'era poco lontano dalla piazza e dal rione Pozzi, furono il sindaco del 1799 Antonio De Gori e quattro dei cinque consiglieri eletti per l'anno 1800 (uno di loro era lo stesso sindaco): Mattia Biagiotti, Angelo Ruggiero, Giuseppe La Valle e Francesco Di Vito. Poi, a mano a mano arrivarono i rappresentanti di tutte le famiglie, da tutti i tredici casali di Coreno: gli Vori, gli Onofri, gli Stavoli, i Rollagni, i Carelli, la Torre, i Curti, i Magni, i Pozzi, i Lormi, i Tucci, la Piazza, i Ranoccoli. Ad essi si sarebbero aggiunti, appena oltre l'orario dell'appuntamento, il medico, il notaro, i due giudici a contratto e lo speziale. E solo verso la fine dell'animata discussione anche Don Giovanni di Siena, ch'era stato avvertito dell'importante incontro dal figlio di Salvatore il cositore, prima di lasciare la casa del morituro. Il giovane, peraltro, mentre passava in extremis la notizia al prete, si era pure meravigliato che lo stesso non sapesse niente di quanto accadesse in paese in quelle ore e che non fosse stato invitato alla riunione strategica; ma gli era più che evidente il motivo per il quale né gli amministratori né i capifamiglia, né il medico, né lo speziale e nemmeno il notaro avevano anche lontanamente accarezzata l'idea di avere il prete fra i piedi mentre discutevano fra loro quelle questioni: il giovane aveva ascoltato i sermoni del prete la domenica durante la messa cantata e da qualche anno, Don Giovanni Di Siena, praticamente da quando l'invasione francese era iniziata, non aveva fatto altro che invitare i suoi concittadini alla calma e alla collaborazione con l'invasore, magari anche facendo buon viso a cattivo gioco, per evitare inutili violenze e anche per avere il tempo di vedere come si fosse messa la questione col Papa e coi Borbone. Una strategia doppiogiochista dettata, anzi suggerita in segreto, dalle alte sfere ecclesiastiche che evidentemente collideva con le intenzioni bellicose e tutt'altro che pacifiche dei concittadini di Coreno e degli altri paesi dell'Alta Terra di Lavoro. Il figlio di Salvatore il cositore aveva dato al prete, prima un po' d'acqua, poi la notizia esplosiva dell'assemblea pubblica ma segreta, poi una robusta sorsata di quella grappa aromatizzata al corniolo che producevano clandestinamente in famiglia e riservavano solo agli amici o alle persone importanti. Don Giovanni, a quel punto, aveva davanti solo due strade praticabili: una facile facile, l'altra molto difficile, anzi, difficilissima: andare a Gaeta per chiedere udienza al Vescovo, al quale avrebbe spifferato tutto ma, con quel tempaccio, a dorso di mulo, ci avrebbe messo una giornata intera; o andare di corsa all'assemblea popolare e sperare di convincere quei testoni a non fare pazzie. Scelse la seconda alternativa. Certamente quella più veloce ma nache la più difficile. Don Giovanni si precipitò sul posto, conquistò il centro dell'assemblea, prese la parola e levò alto il suo disappunto. Ma inutilmente, anche dopo la sua invettiva che, in certi passaggi, pareva quasi un anatema, una reprimenda, i concittadini bellicosi e determinati non cambiarono idea, avendo deciso quasi all'unanimità di vendicarsi dei francesi: li avrebbero attesi e attaccati in località Fontanelle. Semplicemente massacrati. Un vero e proprio agguato attendeva i malcapitati quarantanove soldati francesi, e quasi sicuramente la fine del loro percorso terreno. Non rimaneva che procurarsi le armi, riunirsi in piazza, mandare un paio di vedette in osservazione e trasferirsi tra i cespugli della via delle Strammete per farla finita coi maledetti francesi. A pochi chilometri di distanza dal centro abitato di Coreno una compagnia di soldati francesi, anzi quello che ne restava, esattamente quarantanove, ridotti in brandelli dagli abitanti di Castelforte, mezzi nudi, morti di fame, di freddo e di stenti; feriti fisicamente e psicologicamente depressi, si erano da poco incamminati verso Coreno, raccolti in una mesta e silenziosa fila indiana; facevano a ritroso la strada che avevano percorso festanti e allegri solo qualche giorno prima. Calpestavano la neve fresca a passi lenti e cadenzati; chi con stivali sfondati, chi a piedi nudi. Avevano deciso di passare all'interno del centro abitato, invece di aggirarlo; avrebbero così evitato un percorso più accidentato; una lunga e più faticosa diaspora tra i campi e tra i boschi e tra le pietre. E confidavano che, seppure avessero incontrato nei campi qualche contadino o anche cittadini di Coreno per la strada, al massimo quelli avrebbero potuto deriderli e offenderli; non avrebbero mai immaginato che la pacifica popolazione di Coreno potesse adire le vie di fatto, usando la violenza contro inermi e disarmati soldati in ritirata. Se fossero stati fortunati, con cinque o sei ore di cammino avrebbero raggiunto il distaccamento di Ausonia. E da lì, dopo qualche ora di riposo, avrebbero ripreso la marcia verso il porto più vicino dove si sarebbero imbarcati per la Francia. La brutta avventura sarebbe stata archiviata nel giro di qualche settimana. Intanto Michele Lavalle, la giovane sentinella appostata sulla collina dalle parti della contrada Poera; l'altra, un certo Pasquale Di Vito, anch'egli molto giovane e dalla buona vista, era stata piazzata più a valle su una piccola altura tra i boschi di Cannotteranea - aveva avvistato la piccola compagnia francese in lento avvicinamento. Quando fu sicuro di quello che aveva visto, si alzò immediatamente, balzando in piedi con la velocità di una molla, dal suo rifugio dietro a un grosso masso e correndo verso il tratturo prese la via per Coreno da sud-est. In poco più di cinque minuti - come il corridore di maratona - raggiunse la locanda del Pipistrello, il quartier generale dei rivoltosi. La movimentata ma assai breve assemblea cittadina si era conclusa col voto favorevole alla rappresaglia. Contrari erano stati solo il voto del consigliere Biagiotti, che aveva uno zio prete e il parere, benché favorevole senza espressione di voto e nemmeno richiesto, del prete della parrocchia di S. Margherita V.M.. I due erano stati i soli a lasciare la locanda, non senza un codazzo polemico e trascinandosi dietro una marea di insulti e di improperi da parte degli altri presenti che contavano su una unanimità piena. Gli altri quattro consiglieri erano rimasti; come erano rimasti i capifamiglia, i due giudici a contratto, e gli anziani. L'unico ch'era mancato era Salvatore il cositore, sul punto di andarsene dalla sera precedente. Ora non restava che tornare a casa velocemente, cercare ciascuno un'arma e radunarsi in piazza per poi prendere la strada delle Strammete e raggiungere il punto dell'agguato, alle Fontanelle. Quasi a metà strada tra Coreno e Ausonia. Tutto, qualsiasi arma, anche impropria, bastava che fosse da taglio o contundente, avrebbe fatto al caso: naturalmente erano da privilegiare i fucili, anche quelli da caccia, e sarebbero state gradite anche le pistole da ricaricare; ma anche i forconi per smuovere la paglia, i falcioni per mietere il fieno e la suglia, i bastoni snodati per battere i ceci e i fagioli sull'aia sarebbero andati bene. Qualcuno era anche andato in cantina a recuperare la mazza di ferro del torchio per l'uva. Alla fine dopo circa un'ora all'appuntamento in piazza si erano presentate più di cento persone. Quasi tutti uomini maturi, forti e motivati, più qualche giovane la cui età era compresa tra i venti e i trent'anni, che non aveva voluto che il padre andasse da solo. Quando si furono radunati tutti partirono con passo svelto per ritrovarsi dopo appena mezz'ora tutti acquattati tra i cespugli e dietro i sassi sulla collina che domina il passaggio a valle delle Fontanelle, poco dopo il Belvedere e prima del Castello, e non avrebbero avuto molto da aspettare perché non era passata più di un'ora da quando si erano trasferiti e non erano passate più di tre da quando la vedetta aveva avvistati i francesi alle Poera. Il tempo era passato anche piacevolmente e senza soverchi nervosismi avendo appreso, sempre dalla vedetta, che i francesi erano disarmati e assai malmessi. Il piano congegnato dai rivoltosi era semplice ma pareva assai efficace: far sfilare lungo la strada i francesi, poi, mentre un drappello di corenesi li avrebbe presi alle spalle per neutralizzarli con le armi improprie, dalla collina chi era in possesso di un fucile o di una pistola avrebbe fatto fuoco dal lato destro scoperto. Così quando l'ultimo soldato francese era sfilato sulla perpendicolare degli appostati, da un lato una settantina di corenesi si staccarono scendendo di corsa a valle. Armati di forconi, falcioni, bastoni di ferro e di mazze di legno cominciarono a colpire violentemente e a massacrare i poveri soldati, quasi tutti disarmati; dall'appostamento ch'era una cinquantina di metri sulla collina che dominava la strada gli altri, quelli armati di fucili e pistole, aprirono il fuoco; una gragnola di colpi arrivò sul lato destro della fila indiana, i francesi cominciarono a cadere come pere mature. La mattanza durò in tutto nemmeno una decina di minuti: la strada si era, rapidamente, coperta di cadaveri e di corpi agonizzanti e rantolanti, rivoletti di porpora si spargevano lentamente sulla neve bianca. Dei quarantanove soldati francesi nessuno avrebbe rivisto il suolo patrio. E per molto tempo nessuno avrebbe più saputo niente di loro. Ora per i rivoltosi si poneva il problema di finire i moribondi feriti a morte con pugnali e baionette. Un colpo al cuore e il trapasso era agevolato. Non restava quindi che sgombrare la strada dai cadaveri e di nasconderli definitivamente alla vista degli altri scout francesi, che certamente li avrebbero cercati, e delle autorità del regno. Qualcuno si era ricordato che nelle vicinanze, ad appena un centinaio di metri, c'era un podere di proprietà di certo Giuseppe Ruggiero, e al centro del podere c'era un pozzo. L'uomo non aveva partecipato all'agguato, perché troppo anziano, ma tutti pensarono che l'odio che aveva sempre mostrato di nutrire nei confronti dei francesi gli avrebbe certamente suggerito di mettere a disposizione la sua proprietà per una giusta causa comune. Anche se una volta riempito di cadaveri il pozzo, va da sé, non sarebbe stato più utilizzabile. Anzi avrebbe dovuto essere interrato e sigillato per evitare possibili epidemie. All'unanimità si decise di sfruttare la possibilità, non c'era tempo per scavare una grande fossa comune. Due o tre uomini per volta presero per le gambe e per i piedi un soldato francese e lo trasportarono nelle vicinanze del pozzo. Mentre qualcuno più giovane e veloce sarebbe corso al paese per caricare un carretto di calce e di badili. Era in uso all'epoca di tenere sempre a disposizione delle grosse quantità di calce nelle fornaci scavate apposta per quello scopo; le calcare. Ogni strato di cadaveri sarebbe stato coperto con una abbondante spolverata di calce e di terriccio e pietre; alla fine del lavoro il pozzo sarebbe stato sigillato con un tappo di malta e pietre. Nessuno si sarebbe più accorto del macabro contenuto del pozzo. In giro si sarebbe sparsa la voce ch'era stato avvelenato da qualche animale in decomposizione e il padrone era stato costretto a interrarlo. Quando tutti i cadaveri furono rimossi, trasportati e buttati nel pozzo gli uomini, ormai sfiniti, tornarono sul luogo della strage, per cancellare ogni traccia: grattarono la neve, il ghiaccio e lo strato più superficiale della ghiaia insanguinata che copriva il fondo della strada sterrata. Poi riportarono un nuovo strato di ghiaia e sopra di essa sparsero badilate di neve fresca. Nel giro di un'altra ora sembrava che lì non fosse successo mai niente. Presto il ricordo della strage sarebbe stato rimosso oltre che dal suolo anche dalla testa degli stessi autori; l'eccidio sanguinolento sarebbe diventato un avvenimento incerto e dai contorni indefiniti; una specie di mito, di imago, che tutti, alla fine, avrebbero rimosso dalla loro mente o confuso con un sogno collettivo. Il plotone di omicidi composto di gente normale e di padri di famiglia si avviò mestamente verso il paese. In salita, con passo stanco, tutti erano svuotati dalle forze. Svuotati di energia ma convinti di aver fatto la cosa giusta. Avrebbero certamente accelerato la fuga dei francesi dai territori occupati. La coscienza personale in subbuglio sarebbe stata sedata e soddisfatta dalla constatazione di aver agito per il bene comune e per un interesse superiore. Oltre che per l'affermazione della giustizia.

Post-fatti storici

Dopo qualche ora dalla strage delle Fontanelle, per altri sfortunati soldati francesi di stanza sulle nostre terre di lavoro l'incubo non era ancora finito. Quando la notizia dell'agguato delle Fontanelle arrivò ad Ausonia, anche gli abitanti dell'antico Castrum Fractarum si sentirono incoraggiati a prendersi la loro sacrosanta vendetta e preparano il loro piano. Del tutto mutuato da quello semplice ma efficace dei corenesi, dai quali dovevano essere stati addestrati. Dopo qualche giorno, infatti, circa duecento villici frattesi, capeggiati da certo Michele Piccolino - in odore di brigantaggio e tipo assai poco raccomandabile, borbonico convinto, sanfedista e legittimista, insomma un tipaccio per i poveri soldati francesi, un vero figlio di puttana - assalirono una compagnia in allontanamento verso la Valle dell'Ausente. Poco dopo la curva di casa Zegarelli, nel rione Porta di Sotto, all'interno del podere Castelli, un intero pozzo fu riempito coi cadaveri di una cinquantina di soldati francesi mattati. E da quel giorno quel pozzo fu detto: Pozzo dei francesi. Un'altra strage di soldati francesi ci fu, nello stesso mese di marzo a Itri, nella terra dominata da Michele Pezza, il brigante detto Fra Diavolo. Quando lo stesso brigante in persona, qualche anno dopo la strage, nel gennaio del 1806, si recò a Coreno e ad Ausonia per fare proseliti, raccogliere volontari e arruolarli come soldati per il suo esercito di liberazione dall'invasore Napoleone e alzare - perché no? - un po' di soldi, l'odio delle popolazioni locali, nonostante le due stragi ravvicinate e il relativo spargimento di sangue, non si era ancora placato. Fra Diavolo raccolse tra i due paesi ben 200,77 ducati e solo a Coreno costruì una compagnia di soldati composta da novantatre uomini capeggiati da tale De Gori Gentile, che aveva partecipato alla strage delle Fontanelle di sette anni prima. In proporzione al numero dei fuochi e di famiglie e di abitanti, la compagnia corenese era superiore di gran lunga alle compagnie riunite a Traetto, Maranola, Castelforte e Fratte. Il medico del paese Giuseppe Alfano, personaggio del posto, all'epoca assai noto e autorevole, che lo accompagnò nel suo tour propagandistico, si meritò per l'impresa una citazione nelle *"Memorie del Dott. Carlo Fantacone"* e perfino il *"Monitore Napoletano"* riportò nelle sue pagine che: "(grazie a lui, Fra Diavolo - n.d.R.) *quivi fece molti proseliti perché* (il medico - n.d.R.) *vi contava grandi simpatie ed amici."* Il sacerdote Don Giovanni Di Siena morì nel suo letto nell'anno 1823, all'età veneranda, per l'epoca, di settantatre anni. Il capopopolo frattese Michele Piccolino morì, trafitto dalla punta di una baionetta - qualcuno, dipingendolo romanzescamente come una specie di novello San Sebastiano, dice che le baionette che lo trapassarono furono almeno una dozzina - lontano da casa e dalla sua Terra di Lavoro. Cadde, infatti, nei pressi di Castellammare di Stabia, verso la fine di ottobre del 1911. Di lì a qualche giorno sarebbe stato arrestato, processato, condannato e portato al patibolo anche il suo colonnello Michele Pezza, che contribuì a fargli coronare il sogno di diventare un vero brigante: poco dopo ch'era stato bandito dalla sua università, braccato dalle forze dell'ordine, era stato reclutato dal brigante in persona nel giro di propaganda e di proselitismo che quello fece alle Fratte e a Coreno nel 1806. Michele Pezza da Itri, detto Fra Diavolo, terminò la sua vicenda terrena su un patibolo allestito in Piazza Mercato a Napoli, l'11 novembre del 1806. Fu condannato alla forca il 10 novembre da un Tribunale Straordinario. Si presentò vestito, per estremo dileggio, con addosso la divisa di Colonnello dell'esercito borbonico e appeso al collo il brevetto di Duca di Cassano. Aveva orgogliosamente rifiutato tutte le ripetute offerte di tale Saliceti, Direttore Generale delle Polizie, tra le quali erano comprese anche l'abiura e il conseguente passaggio al servizio dei francesi. A qualche giorno dall'esecuzione - e la voce continuò a circolare per mesi - da Itri, il paese natale del colonnello, si sparse la notizia che Fra Diavolo fosse tornato in vita; insomma, che fosse risorto, proprio come Nostro Signore Gesù Cristo. In tutte le contrade tra Gaeta e Sora, da Cassino a S. Giovanni Incarico, da Minturno a Napoli non si parlava d'altro. Anche alcuni soldati francesi, frequentatori delle taverne di quei borghi, riportavano le testimonianze dei popolani che continuavano a ripetere, forse solo per scherzo o anche e soprattutto per spargere il terrore tra le truppe napoleoniche: *"Il est revenù! Fra Diavolo est revenù!"*: *È tornato! Fra Diavolo è tornato!"* Qualcuno racconta anche che, una sera, a Itri, in una taverna era entrato un tipaccio del tutto simile a Fra Diavolo, accompagnato da altri sgherri, tutti armati e che questi avevano attaccato e massacrato un drappello di soldati francesi seduti intorno a una tavolata. Ne avevano lasciato in vita tra loro solo uno; un solo fortunato, ma senza mani, gliele avevano amputate con un colpo d'ascia netto all'altezza dei polsi; perché avesse appena il tempo, prima di dissanguarsi, di tornare coi suoi piedi al comando e raccontare a tutti che Fra Diavolo era tornato, col compito preciso di continuare a giustiziare i napoleonici anche dopo la sua presunta morte. Ma, forse, Fra Diavolo non era mai tornato in vita - e come avrebbe potuto? Tuttavia la sua fama di combattente non si è mai sedata e il suo ricordo inestinguibile continua nei racconti delle genti della Terra di Lavoro. E poco importa che fosse davvero un giustiziere o un soldato prezzolato, che sia stato un bandito senza scrupoli o un vero capopopolo, a due secoli dalla sua morte il suo mito non si è ancora estinto e, forse, non si estinguerà mai. (Michele Pezza da Itri, detto Fra Diavolo) E infine, tra i paesani di Coreno c'è chi giura di aver sentito nettamente, passando di notte a piedi per le Fontanelle, i lamenti, simili a un pianto corale, che si levavano dalla terra come un fuoco fatuo; nel punto esatto dove si trova ancora il pozzo interrato dei soldati francesi. Perché quel posto, per sfortuna loro (e, forse, anche nostra), non è un camposanto, ma un terreno non consacrato. Anzi, è terra maledetta da morte violenta, e ancora di più da antipapismo e ateismo. Le loro povere, sventurate anime dannate saranno condannate a vagare ancora, per gli anni e i secoli a venire, in cerca della giusta pace eterna.

5

Un'altra vecchia storia di briganti delle nostre terre.

Una delle bande di briganti più famose tra tutte quelle che operarono sul territorio di Coreno e limitrofi fu certamente la banda di Angelo Duca detto "Angelillo". Delle sue imprese si tramandano molte notizie. Si sa, ad esempio, che trattava con molta affabilità e umanità i bisognosi, ai quali, quando poteva, elargiva anche aiuti in denaro, oltre che in vettovaglie. Un comportamento che è esattamente agli antipodi rispetto a quello abituale dei briganti, che razziavano tutto a tutti per la loro esclusiva sussistenza. In pratica quasi tutto quello che Angelillo e la sua banda razziava ai ricchi e benestanti cittadini dell'Alta Terra di Lavoro, il buon Duca, altruista ai limiti della prodigalità, lo elargiva in favore dei morti di fame (e quanti ce n'erano allora!) tranne una parte più esigua che lasciava per il vitto suo e della sua banda. Una specie di nuovo brigantaggio di stampo sociale, insomma. Angelo Duca, poi, anche questo, forse, caso più unico che raro, fra banditi e briganti, non aveva mai ucciso nessuno. E ne andava fiero. Aveva fissato il suo placido e confortevole quartiere generale in campagna, nella contrada "Serrapalma", dove ancora oggi c'è la grotta chiamata "Grotta di Angelo Duca". Del brigante e delle sue gesta si sa abbastanza anche perché ebbe la fortuna di avere come biografo niente di meno che il senatore Benedetto Croce e altri due poeti cantarono le sue gesta in due distinti poemi. Si racconta, tra realtà e fantasia, che armato solo di una "scella[9]" di baccalà, strappata con velocità dal soffitto di un'osteria e usata con estrema destrezza come clava, malmenò e mise in fuga un intero reggimento di francesi. Era insomma un guascone, una figura leggendaria; pareva uscito da un romanzo di A. Dumas. Una specie di novello Robin Hood nostrano, con un senso innato della giustizia; schierato dalla parte dei più deboli, sempre e comunque contro i ricchi. La vulgata racconta che, qualche volta, aveva pure costretto i ricchi possidenti a consegnare ai più poveri e agli affamati parte delle abbondanti derrate di grano che quelli si erano accaparrato e nascosto in casa. Siamo, infatti, poco lontani cronologicamente dalla grande carestia che colpì Coreno, la Terra di Lavoro e tutta l'Italia centrale nel 1764. A proposito di morti di fame, le cronache dell'epoca raccontano che nel 1763, l'anno prima della carestia conclamata, i morti per fame furono 54. Nel 1764, l'anno stesso della carestia, furono 40. L'anno dopo, il 1765, furono 115.

---

[9] Un gran pezzo di filetto di merluzzo sotto sale.

Per un numero totale di 136 morti per fame (vera!) in un solo triennio.

L'attività del brigante Angelo Duca e della sua banda durò, e fu florida, fino a quando lo stesso non fu venduto alle autorità dal suo segretario personale, amico e sodale. *"Fai bene e scorda, fai male e pensa."* recita un proverbio corenese dell'epoca. È proprio vero! Angelo Duca fu arrestato, imprigionato, processato assai rapidamente, come avveniva, all'epoca, per tutti i briganti. Che, evidentemente, godevano di una veloce corsia preferenziale nel più lento percorso della procedura penale. Infine, fu impiccato, a Napoli, nel 1784.

Qualcuno più anziano ancora racconta in paese che, solo qualche anno dopo questi drammatici avvenimenti, si fosse presentato improvvisamente in piazza, in una splendida, assolata e mite mattinata di primavera, un cavaliere perfettamente agghindato e con tanto di cappello piumato e che lo stesso avesse chiesto a uno sprovveduto abitante del paese, incontrato per caso, di accompagnarlo alla grotta detta di Angelo Duca. Il povero villico che aveva preso visione della lunga spada istoriata e delle due pistole dalle lunghe canne che pendevano dal fianco del signore, non ci pensò proprio a contraddirlo e si prestò subito - "pro bono", s'intende - ad accompagnarlo a piedi fino alla grotta, distante almeno due o tre km. dal centro abitato. Il cavaliere al piccolo passo seguì il villico che faceva da battistrada, fino all'ingresso della grotta. A quel punto sceso da cavallo con un saltello, fece cenno al buon uomo di farsi da parte e di aspettare che finisse di ispezionare l'interno della grotta. Quello cavò dalla sacca laterale una fiaccola - spenta ovviamente - una fiasca con dell'olio, con la quale la asperse abbondantemente e la accese con un acciarino. Dall'altra tasca che pendeva dalla sella prese un badile col manico pieghevole, lo stese con un colpo a vuoto nell'aria ed entrò nell'antro buio. Il villico si era intanto accomodato su una pietra posta appena fuori ad aspettare pazientemente che quello strano individuo uscisse. Quando furono passate alcune ore il villico, che intanto si era assopito, fu svegliato di soprassalto dalle urla del cavaliere che lo chiamava a se, invitandolo a entrare nella caverna e a seguire la fioca luce della fiaccola, che ormai si andava spegnendo. Una volta arrivato al punto, con sua enorme sorpresa, si trovò davanti al cavaliere. Era davanti a un'enorme buca scavata nella terra, una montagna di terra e a due enormi bauli. Si dovevano portare fuori e caricare su un carro prima che scendesse la sera e calassero le tenebre. Il villico procurò da un contadino di un casale non lontano un calesse male in arnese ma in grado di sopportare il peso, sul quale i due bauli, non senza difficoltà, furono issati. Il cavallo fu legato al carretto, il cavaliere salì in sella al suo cavallo, salutò il villico e dopo averlo ringraziato di cuore riprese la sua strada. Ma prima di andare, riconoscente, non poté fare a meno di buttare ai suoi piedi una scarsella di pelle, che cadendo a terra fece un pesante rumore metallico. Il villico, ancora incredulo, la raccolse e la aprì, poi ne vuotò il contenuto nel palmo della sua mano. Con sua enorme sorpresa nelle sue mani si erano materializzati cinque grandi, splendenti ducati d'oro zecchino. Parevano appena coniati e dovevano valere una fortuna. Ne avrebbe sacrificato volentieri uno per sapere chi fosse e da dove venisse il misterioso cavaliere. Anche se, nemmeno per il povero cervello di un villico, sarebbe stato troppo difficile immaginare che il cavaliere potesse essere un componente della banda di briganti di Angelo Duca scampato all'arresto e alla forca e tornato in paese per recuperare l'ingente tesoro dei colleghi briganti. Qualcuno era arrivato a sostenere, invece, che il misterioso cavaliere altri non fosse che, il fantasma di Angelo Duca, detto Angelillo, materializzatosi prodigiosamente e venuto, in una bella, assolata e mite mattinata di primavera, a recuperare il tesoro accumulato nei bauli e nascosto nella grotta, dopo anni e anni di scorribande e di razzie e rimasto per anni interrato. Addirittura!?!? Ovviamente nessuno saprà mai se la storia fantastica raccontata dal fortunato villico e tramandata dai suoi compaesani fosse vera o, invece, inventata di sana pianta. L'unica cosa che si sa per certo è che il villico per qualche anno fece la bella vita. Forse per tutto il tempo che durarono i cinque ducati d'oro zecchino contenuti nel borsellino che raccolse da terra in quella bella e fortunata - per lui - mattina di primavera. Ultimo particolare curioso: non si era mai accorto dell'esistenza di due lettere ricamate sulla borsetta di pelle. Una A e una D, puntate. Quelle lettere, ricamate a mano *ton sur ton* sul bordo del borsellino, dovevano pur significare qualcosa. Ma cosa? Il villico questo non lo seppe mai: per paura che lo derubassero non aveva mai mostrato a nessuno la borsetta, meno che meno le monete. Dopo tutto, lui era pure analfabeta e non avrebbe mai potuto leggerle.

"Che le plebi ammirassero e amassero Angiolillo, è naturale; ma alquanto strano può sembrare ch'egli destasse simpatie anche nelle classi colte... Queste simpatie si spiegano in parte per le qualità non ordinarie di lui e per l'incarnazione, di una compiutezza quasi artistica, ch'egli presentava, del tipo del buon ladrone, del brigante umanitario."

(Benedetto Croce, Angiolillo. Capo di banditi, 1926, p. 456.)

6

Pasquale C, Cherubino Coreno, la gazza e il parmigiano.

Pasquale C, impiegato postale sulla settantina ormai in pensione, non si era mai sposato, viveva da solo nella vecchia casa di famiglia "*agliu Ceoso*[10]"; la casa in cui aveva abitato fin da piccolo con la madre, il padre e l'unica sorella, prima che quella si sposasse; la casa nella quale (si vantava e lo fa ancora) era nato il suo predecessore più illustre, tale Cherubino Coreno, grande musicista e talentuoso flautista, anzi *maestro di stromenti di fiato* presso il Conservatorio di Santa Maria di Loreto a Napoli dal 1749 al 1762 e - pare - ospitato anche alla corte dei Borbone, dove insegnò lo strumento al rampollo dei reali. Cherubino, il parente più noto di Pasquale, nacque a Coreno nel 1706 e morì nel 1764. In realtà non si sa con certezza se la casa di Pasquale C fosse davvero quella in cui nacque Cherubino, ed è ancora in corso una accanita disputa con la famiglia dei vicini che vorrebbero l'esclusiva delle origini e della parentela più stretta. Ma tant'è, in assenza di prove certe e, soprattutto, definitive qualcuno ha pensato bene di apporre due targhe sulle

---

[10] "Al Gelso", un rione del paese.

due pareti di due case diverse ma contigue e così la faccenda è stata risolta e archiviata salomonicamente ma con approssimazione tutta paesana. In realtà Pasquale C era tornato ad abitare nella vecchia casa di famiglia in pieno centro storico poco prima che andasse in pensione, avendo passata buona parte della sua vita lavorativa in giro per l'Italia. Non aveva mai chiesto il trasferimento all'ufficio 51 postale del suo paese nativo, pure avendone maturato da anni il pieno diritto, forse per una questione di riservatezza personale oppure perché, pretendendo di conoscere bene i suoi compaesani, preferiva tenersi fuori da eventuali beghe. Da un po' di tempo Pasquale C aveva preso l'abitudine, in primavera, di uscire dal suo studio buio e polveroso e andarsene a leggere in terrazzo, dove aveva allestito un confortevole buen retiro; un paio di sedie sdraio di plastica da giardino, una per se e una per un eventuale ospite che però non arrivava mai. Era un solitario per scelta di vita e si guardava bene dall'invitare qualcuno a casa sua. Praticamente l'unico ospite che avesse regolare e legittimo accesso alla casa era la donna di servizio che una volta la settimana varcava la soglia di pietra viva e diventava l'unico abitante della casa per tre ore. L'unico abitante perché, nel frattempo Pasquale C usciva per sbrigare qualche commissione e tornava solo dopo che quella, terminate le faccende e ritirata la busta del salario lasciata nel vuota-tasche all'ingresso, era già uscita. Quattro sedie, sempre bianche e di plastica e sempre da giardino, terminavano quell'arredamento rabberciato sul terrazzino, disposte ordinatamente attorno a un tavolinetto, anch'esso bianco di plastica e da giardino, messo lì per appoggiarci qualche bibita e i libri, proprio sotto a un ombrellone da mare, perennemente chiuso, che Pasquale C apriva solo in piena estate per ripararsi dal solleone. E proprio lì, sul suo bel terrazzino arredato, che un bel giorno, inaspettatamente, avvenne un fatto straordinario, destinato a cambiare il corso regolare anzi, perfino monotono, della vita da pensionato solitario e un po' misantropo di Pasquale C. L'uomo fece amicizia con una gazza. La gazza o gazza ladra (Pica pica, secondo la denominazione di Linneo) è un grosso uccello bicolore della famiglia dei corvidi. Una volta era molto comune, ma stazionava solo nei boschi e nelle zone montane, da qualche anno, invece, si è molto diffuso anche all'interno del centro abitato, e i suoi numeri sembrano aumentati esponenzialmente, forse perché sottratti alla caccia intensiva di un tempo. Il fatto strano, anzi le due cose strane, nel nostro caso, sono che nel dialetto del mio paese quell'uccello si chiama proprio pica; è bicolore, nero e bianco, proprio come i colori sociali della Juventus, squadra per la quale Pasquale C ha fatto un tifo sfegatato fin da bambino. Ebbene, da quando per la prima volta, con simpatia era stato accolto da Pasquale C sulla terrazza della sua abitazione, in un bel pomeriggio di primavera, uno di quelli col cielo sereno, solo un po' screziato di nuvole, e il primo caldo, per i quattro o cinque anni successivi, l'uccello aveva continuato ad andarci tutti i giorni, dopo pranzo, alla stessa ora. Quando Pasquale saliva sulla loggia a leggersi il giornale e i suoi libri e a godersi un bel po' del tiepido sole di collina, meritato dopo i rigori invernali. Per tutti i mesi della primavera e anche per quelli estivi successivi, da aprile a settembre inoltrato, la pica arrivava dall'alto con una specie di frullo quasi impercettibile, planando sul muretto di cinta del terrazzino dove Pasquale C divorava avidamente i suoi libri di filosofia o di storia. A parte un primo attimo di stupore, Pasquale C non aveva mai manifestato disappunto per le incursioni dell'uccello, per la verità un po' indiscreto e invadente, col passare dei giorni anzi, aveva scoperto che gli piaceva proprio essere interrotto, l'arrivo puntuale dell'uccello gli consentiva di tirare il fiato, di chiudere il libro, e pensare addirittura che avesse finalmente un vero ospite da accogliere. I due, messa da parte una naturale diffidenza iniziale, erano diventati veri amici e, addirittura, parlavano fra loro, Pasquale C con le parole, l'uccello col becco, con le ali e con gli sguardi. E il bello è che i due, pur non parlando la stessa lingua, avevano finito per capirsi, ognuno dei due riusciva a intendere perfettamente quello che l'altro voleva dire. Quando la pica ebbe preso definitivamente confidenza col suo nuovo amico umano, col suo ospite, saltava dal muretto all'avambraccio di Pasquale C e prendeva a becchettare le pagine del libro che il suo aveva in mano, come volesse girarle da sola per passare più rapidamente alla successiva. Allora Pasquale C si faceva fintamente più serio e intimava all'uccello di smetterla, la gazza come se capisse di aver esagerato la smetteva davvero e aspettava paziente che Pasquale C interrompesse spontaneamente la sua lettura e le offrisse del cibo. Pasquale C aveva abituato troppo bene la gazza, l'aveva viziata, perché ogni giorno preparava per lei e le faceva trovare delle vere e proprie prelibatezze. Arrivò perfino ad offrirle delle scaglie del formaggio di forma più pregiato, parmigiano o anche grana, che la pica mostrava di gradire molto, manco fosse un topo. Quando i pezzi di formaggio che Pasquale C offriva alla pica erano piccoli, quella li inghiottiva avidamente, ma quando erano un po' più grandi del solito li beccava ma senza mangiarli, li portava via, si librava in volo e tornava solo dopo qualche decina di minuti. Pasquale C aveva pensato che, non troppo lontano da lì, la pica avesse un nido con dei pulcini, oppure un compagno, o entrambi e con essi divideva il cibo avuto in dono dal suo amico. Un anno, in primavera, Pasquale C aveva da poco ripreso a salire in terrazza, ma la gazza non si presentò. Dopo un primo attimo d'iniziale sconforto, Pasquale C sembrava rassegnato a non vederla più atterrare dall'alto sul muretto della sua loggia e solo ogni tanto interrompeva la sua amata lettura, si metteva il libro sul grembo e guardava in alto; sperava di scorgere la sua pica in volo sopra la sua testa. Aveva nostalgia del suo amico uccello. Alla fine aveva pensato che fosse morto di vecchiaia, sebbene non avesse idea di quanto lunga fosse la vita di un uccello di quella specie, oppure che fosse rimasto vittima di qualche cacciatore senza scrupoli. La caccia non da più carnieri pieni come una volta e c'è sempre qualche cacciatore da strapazzo che arriva a sfogare la sua rabbia anche contro uccelli non commestibili. La pica non sarebbe più tornata! L'anno dopo, in primavera, appena l'aria aveva preso a farsi più tiepida, Pasquale C aveva di nuovo allestito il suo salottino pensile e tutti i giorni saliva a leggere i suoi libri. Un bel giorno era salito in terrazza e lo aveva letto con una specie di piacevole presentimento, senza sapere come, né perché, aveva ripensato alla sua gazza ed aveva immaginato che quel giorno stesso l'avrebbe rivista. E così fu! Mentre se ne stava lì a leggere, scoprendosi distratto, svogliato, come se pensasse ad altro, a qualcosa che doveva avvenire, ecco da lontano la sagoma bicolore della sua gazza e il frullo delle sue ali che sentiva sempre quando quella atterrava a casa sua. Ma stavolta la scena fu diversa. La gazza con gli occhi vispi atterrò sul muretto della loggia e si piegò su un lato, come se una zampetta non avesse retto più il suo peso. Pasquale C la prese tra le mani, cercando di scoprire da cosa fosse stato determinato quel movimento strano, girando l'uccello tra le mani e tendendone le ali e le zampette alla ricerca dell'evidente problema si accorse subito che uno degli arti dell'uccello doveva aver subito una frattura e l'ossicino si era rimarginato male, compromettendone per sempre l'atterraggio e lo stazionamento. La pica, secondo l'attendibile ricostruzione di Pasquale C, doveva essere rimasta vittima di una tagliola o dei pallini di piombo di un cacciatore di frodo, ma era riuscita, benché ferita, a scappare e a fare ritorno al suo nido, dove si era curata da sola ma era rimata oltraggiata nell'arto. L'anno dopo era tornata dall'amico, come avesse intuito che quello era stato in pensiero per lei, non lo aveva dimenticato, sapeva che Pasquale C l'avrebbe aspettata, non si sarebbe rassegnato alla sua assenza, che l'avrebbe accolta ed accudita ancora. E così era stato! Ancora oggi, dopo una dozzina d'anni dalla prima volta, e ad un lustro dall'incidente, la pica in primavera torna sul terrazzino della casa di Pasquale C (e del suo avo Cherubino Coreno), che la accudisce e le regala i suoi cibi raffinati, le sue scaglie di parmigiano, il suo formaggio preferito. La gazza, tiene sempre per sé le più piccole e porta, invece, le grandi ai suoi pulcini e al suo compagno.

7

La storia vera dei cachi di zia Maria grande e del frutteto di suo padre *"Pascaglin'e tuppu"*.

Ricordo, con struggente nostalgia, i cachi nel piatto fondo su quel davanzale, Sotto la Piazza. Quando ero piccolo una delle cose che mi piaceva di più era curiosare in giro per le case dei parenti che mia madre, ogni tanto, andava a visitare. Qualche volta me ne andavo con lei, quando andava a trovare Zia Vittoria. La sorella di sua madre, mia nonna Giovanna, la moglie di Nonno Gaspare. Zia Vittoria era anche la moglie del sindaco Giuseppe Barbera, che noi, affettuosamente e confidenzialmente chiamavamo Zio Peppino. Non che fossi molto compreso delle condizioni di salute della vecchia zia, che peraltro erano ottime. Era una vecchietta arzilla e quando morì era longeva. Naturalmente restò vedova; morì dopo il marito. Più che altro mi piaceva molto il posto dove abitava. Una casa nel rione di tre case che in famiglia chiamavamo Sotto la Piazza. Di quella piccola casa, stretta e alta, sviluppata su tre piani, molto raccolta e facilmente accessibile, mi piacevano sia l'interno sia l'esterno. Quando i convenevoli di rito erano stati esauriti, sgattaiolavo un po' nel salotto e nello studio, passando preferibilmente dal piccolo cucinino. Dove potevo sempre raspollare qualcosa di buono. La cosa che m'incuriosiva era che le tre stanze in fila al piano terra avevano un accesso molto agevole. Si entrava in casa da un cortiletto esterno di mattoncini rossi, coperto da un pergolato. Quindi, se le imposte erano aperte, si poteva entrare e uscire da ognuna di esse senza che nessuno ti vedesse. Ma, cosa che mi pareva ancora più strana, le stanze erano anche comunicanti tra loro: dal cucinino si accedeva, attraverso un piccolo arco, direttamente al salotto e dal salotto si accedeva allo studio del sindaco maestro. Ma, lì si accedeva solo per colloqui importanti, quindi quasi mai. Attraverso un altro piccolo arco e tre scalini arrivavi alle ripidissime e strette scale che portavano alle camere e ai bagni del secondo e terzo piano. Il salottino buono di zia Vittoria mi piaceva perché era raccolto, d'inverno sprigionava quasi un senso di tepore, con i suoi divanetti di velluto verde marcio, il piccolo caminetto, e le credenze piene zeppe di bottiglie di liquori, quasi tutti fatti in casa, tranne i Vov e gli Zabov, e di bicchierini di tutte le grandezze e le fogge. I bicchierini più curiosi che aveva erano degli opalini gialli alti e stretti ai quali mia zia era particolarmente affezionata. Regalo di nozze di una sua vecchia parente americana. Poi c'era il caminetto di mattoncini di terracotta che alitava perennemente un intenso odore di cenere e carbone. D'estate, invece, anche se fuori c'erano quaranta gradi, all'interno c'era sempre il fresco, il salotto era immerso nella penombra e la veneziana semichiusa favoriva un piacevole passaggio d'aria fresca. Non parliamo poi dei profumi che inspiravo in quell'ambiente. Mi ricordo con ardente malinconia che c'era sempre nell'aria, proveniente dal forno e dalla credenza in cucina, un intenso effluvio di vaniglia, di miele, di cotognata, di biscotti appena sfornati, di torte e crostate, di zucchero caramellato, marroni ghiacciati, croccanti di mandorle e miele, castagnaccio se era la stagione, e altre succulente prelibatezze. La casa del sindaco era molto frequentata da ospiti, più o meno conosciuti, che erano accolti sempre con qualche piccolo rinfresco, che zia Vittoria allestiva con velocità ed efficienza. Un nocino o un limoncello e qualche pasticcino o torroncini e croccanti fatti in casa, non erano negati a nessuno. Sempre che gli ospiti occasionali non fossero dei contadini al ritorno dalla campagna, sudati e puzzolenti e con gli scarponi ancora sporchi di fango. Magari avevano lasciato le bestie all'abbeveratoio, ai Londri su Via Tasso, poco lontano, ed erano venuti a perorare velocemente una loro causa. Quegli ...avanzi della Via Serra, li accoglieva sempre con garbo e riverenza ma, invece, che nel salotto buono, li faceva accomodare in cucina o, se era bel tempo, nel cortiletto sotto il pergolato, dove trasportava velocemente qualche sedia. Mica per cattiveria! Solo per non farsi sporcare di fango i tappeti e il pavimento del salotto. E comunque non mandava mai via nessuno, senza avergli offerto un buon caffè caldo o un bel tè corroborante o un bicchierino di qualcosa. E non avrebbe accettato cerimonie. Ricordo che nella credenza di zia Vittoria si conservava gelosamente un macinino di legno e ferro che trovavo davvero fantastico. Doveva avere almeno cent'anni e somigliava a una chiesetta di campagna. Solo che invece della croce, sopra alla piccola cupola scanalata, spuntava la manovella. Zia Vittoria apriva lo sportellino, ci faceva cadere dentro una manciatina di grani di caffè, appena una trentina di chicchi, lo riduceva in polvere con una dozzina di energiche e velocissime girate, trattenendolo saldamente tra l'avambraccio e la vita, poi faceva il caffè mettendo sul fornello la macchinetta napoletana. E metteva pure il coppetiello di carta pane sul beccuccio, come avevo visto fare anche nelle commedie di Eduardo De Filippo, che a lei piacevano tanto. In poco più di cinque minuti la casa era invasa da un buon aroma di caffè brasiliano. L'odore era buono e invitante ma, a detta di chi lo aveva assaggiato, il sapore non doveva essere gran che. Mia zia Linda diceva che il caffè di zia Vittoria era un po' ...acquatico. Era il suo modo italoamericano per dire che era annacquato. Io non potevo esprimermi perché non me lo facevano nemmeno assaggiare. Ma che dico assaggiare. Nemmeno annusare. O, almeno, erano convinti di questo. Mia madre, davanti a una tazza di caffè o a un bicchiere di vino ripeteva sempre la sua fatidica frase. *"Caffè e vino sono veleno per i bambini"*. Adesso ancora lo dice, anche ai miei, di bambini. Poi, però, quando se ne andava, se lei o la zia non avevano provveduto prima a sparecchiare, per evitare che lo facessi, io mi scolavo il fondo delle tazzine che erano rimaste sul vassoio. Il sorsetto del prete era sempre buonissimo: lì si era cristallizzato il meglio del caffè con gli ultimi granelli di zucchero sciolto che lo rendevano dolcissimo. E per me, goloso impenitente, tutto quello che era dolce, era buono. Zia Vittoria era un'ottima cuoca. La chiamavano assieme alla sorella, nonna Giovanna per organizzare, super vedere e realizzare i pranzi dei matrimoni, che allora al paese e nei dintorni si facevano tutti in casa degli sposi. Loro due con l'aiuto di qualche nipote più giovane costruivano il menu, dall'antipasto di tartine al dolce, la classica pizzaroce, passando, magari, attraverso un leggendario timballo di pasta, uova bollite e ragù e un invitante arrosto di pollo ruspante con le patate al rosmarino. Per il resto, zia Vittoria, era avvantaggiata rispetto alle altre sue amiche massaie perché aveva a disposizione anche un sacco di tempo in più. In pratica doveva accudire solo il marito sindaco maestro, che in casa non c'era quasi mai. Di mattina era a scuola, dove faceva l'insegnante elementare. Di pomeriggio, dopo una pennichella postprandiale, abitudine tipicamente sicula, faceva sempre una capatina in piazza o alla casa comunale per firmare i documenti e parlare un po' con i dirigenti. La sera andava alla messa vespertina. Non se ne perdeva una. La morale della favola era che usciva alle otto di mattina e rientrava alle sette di sera. Certamente contribuiva molto a tenere sempre tutto in ordine e ben pulito, i mobili spolverati e i centrini ben sistemati sugli schienali, l'assenza in casa di bambini piccoli. La coppia non aveva figli. Non so se avessero sofferto molto dell'assenza di figli, ma all'epoca mi sembravano almeno rassegnati, se non addirittura contenti. Non erano venuti, punto. Perciò, forse, zia Vittoria era compiaciuta e soddisfatta quando io o altri nipoti andavamo a trovarla. Per il resto non si offendeva se nessuno ci andava. Un po' meno contento era zio Peppino, quando c'era. Già doveva tenere testa, la mattina, a una scolaresca rumorosa e disordinata, per affliggersi se i nipoti acquisiti non andavano a trovarlo. Tuttavia per aiutarlo a sopperire a quella presunta mancanza, per un breve periodo, prima che quella si sposasse, gli fu affidata da mio nonno Gaspare l'ultima sorella di mia madre, zia Maria, che noi chiamavamo piccola, per non confonderla con zia Maria grande. Una cugina di mia madre, anziana ma zitella, bassa e con la gobba, ma dotata di un gran senso dell'umorismo, una simpatica naturale, che abitava nel pezzo di casa che stava appiccicata alle spalle di quella del sindaco. Al sindaco era toccata la metà dell'intero edificio, in pratica tutta la parte esposta a mezzogiorno. A zia Maria grande era toccato un quarto, quindi la metà della metà dell'intero edificio. Quella esposta a nord-ovest. In pratica sei stanze, una sull'altra, che costituivano un quarto dell'intero palazzetto. L'altro quarto, l'ultimo, l'altra metà della metà, esposta a sud-ovest, era toccata a mio zio Giona, che la allargò e ci andò ad abitare dopo il suo matrimonio, avvenuto nei primi anni '70. Quando mi ero ben bene scocciato di stare dentro e, avevo racimolato qualcosa di buono da mangiare, dolcetti o frutta secca, di cui ero ghiotto, che conservavo nelle tasche dei pantaloni, me ne andavo un po' in giro, sempre nei dintorni, ma fuori dalla casa. Oltre al cortile, coperto dal pergolato, che dava un'ottima uva, che mia zia conservava appesa fino a Natale, c'era da visitare una grande rimessa di mattoni e lamiera di ferro, che mio zio usava come garage, per ricoverare la sua auto nuova e mia zia usava, invece, come ripostiglio per gli attrezzi, chiuso con un grosso portone verde di legno. Durante il giorno, di solito, era aperto. Mio zio usciva con la macchina per andare a scuola e lo lasciava aperto. L'avrebbe richiuso a chiave solo la sera dopo il suo rientro. Quel garage era il mio parco giochi. C'era, in pratica di tutto. Oltre all'auto nuova di zio Peppino, che un giorno sarebbe diventata mia, c'erano tutti gli attrezzi per il giardino. Una bella carriola nuova nuova. Con la quale mi divertivo a correre in cortile. Una volta mi scappò di mano un manubrio e la impattai violentemente col petto. Persi il fiato per qualche secondo. La sorpresa e il forte colpo ricevuto al centro dello sterno mi fecero seriamente temere la mia morte prematura. Ma non morii nemmeno quella volta. Poi c'era un vasto campionario di ceste, cestini e canestri intrecciati, di tutte le forme e le dimensioni, che mia zia usava per la raccolta dei frutti. Penzolavano dalle capriate, appesi al soffitto con ganci rudimentali fatti con rametti di corniolo intrecciati. Poi, pale, badili, forconi, falci e falcioni. Tutti gli altri attrezzi per l'orto e per il giardino. E, infine, una lambretta della Piaggio antichissima e impolveratissima sulla quale saltavo sempre con molto piacere. Mi divertivo un mondo a imitare i motociclisti che corrono nei circuiti, stando seduto fermo sul sedile e ruotando il manubrio. Ma, il sancta santorum inespugnabile e misterioso era rappresentato da un grande forziere di legno e ferro battuto che stava in fondo al ripostiglio, nell'angolo più buio e inaccessibile. Chiuso con un grande lucchetto centrale e due serrature a chiave. Sembrava una di quelle casse nelle quali i pirati stipano i loro tesori. Per quanti sforzi facessi, per quanto tentassi continuamente di aprirlo o di forzarlo, non avevo mai avuto fortuna. Se non fosse successo qualcosa di imprevedibile il contenuto di quel forziere sarebbe rimasto avvolto, per l'eternità, nel mistero più profondo. Alla morte degli zii, finalmente, l'imprevedibile accadde, il forziere fu aperto, alla presenza di tutti gli eredi, e se ne scoprì finalmente il contenuto. La sorpresa fu modesta e molto trascurabile. Nessun tesoro in dobloni d'oro. Niente di quello che io mi aspettassi. L'interno custodiva solo alcuni morbidi e candidi set di lenzuola, di federe e di coperte, arrivati direttamente dall'America e mai sconfezionati. Era il regalo di nozze di zia Faustina alla sorella in Italia. La porzione di casa occupata da zia Maria "grande" era quella che trovavo più interessante e avvincente. Ma, anche quella in cui non riuscivo a entrare quasi mai.

Solo una volta avevo trovato la porta d'ingresso socchiusa, la casa era apparentemente deserta e mi ero intrufolato. Prima però avevo urlato due o tre volte il suo nome. Solo quando avevo capito che doveva essere uscita, forse era andata all'orto o al pollaio, che per fortuna erano due posti che distavano, ero entrato furtivo per curiosare. La cucina di Zia Maria grande, perennemente immersa nel buio, aveva al centro un piccolo tavolo di legno col ripiano coperto di marmo bianco, che da nuovo doveva essere candido come la neve, ma che ora, dopo anni e anni, era screziato di grigio e puntellato di segni, come bocciardato. L'ambiente era dominato dalla presenza ingombrante di una grossa credenza di legno marrone che doveva avere almeno cent'anni. Quattro sedie verdi impagliate, un cucinino di stagno a due fuochi sul ripiano e un lavabo scavato nella roccia, completavano un arredo molto sobrio e molto funzionale. Su un lato si apriva la bocca di un vecchio forno a emergenza, sotto al quale c'era una capace legnaia. L'ambiente era saturo di un buon odore di pane appena sfornato e di un puzzo acre di cenere e carboni spenti con l'acqua. Per me, che ero abituato a una cucina moderna rivestita di fòrmica, quell'ambiente, dove il tempo pareva essersi fermato, rappresentava un mondo tutto da scoprire; un universo ovattato e silenzioso, ma eloquente di storie e racconti, di forme appena avvertibili, di colori sfumati e, soprattutto, di sapori e profumi indimenticabili, quasi primordiali. Peccato che oggi con la mia scrittura malferma io non possa nemmeno lontanamente sperare di avvicinarmi a una descrizione che avrebbe la pretesa di far riassaporare ai miei lettori quei sapori e quegli odori, o di avvicinarli al naso di chi quegli odori e quei sapori non ha mai conosciuto. Purtroppo, come sosteneva anche Ingmar Bergman, *"posso riprodurre tutto della mia infanzia. L'unica cosa che non posso riprodurre sono gli odori e i sapori."* Il fatto è che zia Maria grande aveva ancora nel suo orto alcuni alberi da frutta che aveva piantato suo padre Pasquale una cinquantina di anni fa. Oggi lo avremmo chiamato il giardino dei frutti dimenticati. Nel suo orto, anzi lungo i confini del suo grande orto, Sotto la Piazza, non lontano dalla porzione di casa dove abitava, il padre di zia Maria grande, *Pascaglin'e tuppu,* come lo chiamava mio nonno, aveva piantato una bella serie di alberi da frutto. Un unico esemplare per tipo e tutti diversi. Un pero, un melo, un noce, un nocciolo, un mandorlo, un sorbo, un melograno, un corbezzolo, un corniolo e un cachi. Tutti alberi che danno i loro frutti maturi e colorati in autunno. Tutti alberi che danno frutti bellissimi, coloratissimi e buonissimi. Ma, prima di tutti gli altri, aveva pensato ai suoi maiali, badando a piantare una quercia. Un giorno era andato in montagna, dove diceva c'erano le querce migliori. Il paese è pieno di querce, e tutte sembrano migliori: in pratica a me non pare che ci sia alcuna differenza tra quelle della campagna, della collina e della montagna. Lui, comunque, era andato da solo. Aveva cercato una bella quercia fronzuta, non tanto piccola, ma nemmeno troppo grande. Insomma, che potesse essere sradicata abbastanza agevolmente. Aveva girato per un po' per i boschi, con sguardo assai attento e guardando in aria. Quando fu convinto di aver trovato l'alberello che faceva per il suo orto, con molta attenzione, per lasciare una buona quantità di radici vitali, l'aveva sradicata dal terreno con le sue mani, piegando il fusto, in avanti e indietro; facendolo girare; spingendolo e tirandolo. La scena che immagino, doveva essere più o meno come quella, molto famosa e drammatica, di cui fu protagonista il signor Tore, quando nel film di Ingmar Bergman La fontana della vergine sradica una giovane betulla. Quando la ebbe spiantata da terra, se l'era caricata sulle sue spalle forti, bilanciando bene il fusto e la chioma, e l'aveva trasportata fino a casa. A passo svelto e senza fermarsi mai. Una volta arrivato a casa, l'aveva messa in una piccola botte che aveva preparato per bene, solo per quel lavoro. L'aveva riempita di terra e di concime naturale. Appena prima di partire aveva fatto un buco, grosso e profondo, al centro. Gli bastò appoggiare la piccola quercia al terreno e coprire per bene le radici. Qualche colpetto con le mani e un'innaffiata leggera, perché non marcisse, avrebbero finito il suo lavoro certosino. Dopo, avrebbe solo dovuto incrociare le dita e aspettare pazientemente che l'alberello attecchisse. Qualche mese era passato. E, solo quando fu certo che le radici si erano abbarbicate per bene alla terra, l'aveva estratto dalla mezza botte e l'aveva ripiantato nel terreno del suo orto. La quercia, fin da subito, dalla prima stagione aveva cominciato a dare frutti. Ghiande preziose con le quali zio Pasqualino alimentava i suoi maiali. Diceva a tutti che i suoi erano i migliori maiali del paese. Le migliori carni e il miglior lardo da sugna, provenivano dai suoi maiali. In realtà tutti i maiali del paese, le carni e il grasso da sugna erano migliori: tutti i maiali del paese venivano alimentati con ghiande di querce locali e con la classica broda che le donne preparavano aggiungendo semplicemente acqua calda al secchio dei pochi avanzi della cucina che avevano messo da parte dopo ogni posto. Poi, uno via l'altro aveva piantato gli altri alberelli da frutto. Ma, quelli non li aveva sradicati in montagna. Era andato a comprarli. Una parte alla fiera boaria che dopo la guerra organizzavano in paese, nella valle di Luigi De Siena; un'altra parte alla fiera della Madonna del Piano, dove due volte l'anno si recava. Una volta d'inverno, il giorno di Santo Stefano, e una volta d'estate, a Ferragosto. Un po' per acquistare quello che gli serviva per i suoi campi: attrezzi, semi, piantine; un po' per devozione alla madonna. O, almeno, così diceva lui. Mio nonno alla religiosità di zio Pasqualino *e' tuppu* non credeva affatto e nemmeno alle sue svariate devozioni. Scherzando, ma nemmeno tanto, diceva sempre che se, per sua sventura, lo avesse incontrato in paradiso, dove era certo che sarebbe andato dopo la sua morte, fra cent'anni, lo avrebbe dovuto scaraventare di nuovo sulla terra. Sebbene non andasse mai in chiesa, mentre zio Pasqualino ci andava; sebbene non fosse praticante, mentre zio Pasqualino lo era, e stava sempre con il rosario in mano, sosteneva che era certamente meglio lui, come credente. E sosteneva pure che la sua non era altro che pura ipocrisia. E comunque, che, una volta in paradiso, non ci sarebbe stato posto sufficiente per entrambi. Il Padreterno, insomma, avrebbe dovuto preferire il suo ateismo alla religiosità falsa del coetaneo. Zia Maria grande, quando il tempo era giunto ed era giusto, coglieva i frutti quotidianamente dai rami e li raccoglieva anche per terra. Non faceva perdere niente. Li riponeva tutti insieme nei cestini, per dividerli per tipo appena sarebbe rientrata in casa. Non confondeva con gli altri frutti solo i cachi, i corbezzoli e le sorbe. Riponeva ognuno di questi tre frutti in un 34 piatto piano, appoggiando i cachi sul loro picciolo verde ed evitando anche di farli toccare. Con le sorbe faceva un tappeto uniforme marrone, evitando di fare strato su strato. Lo stesso faceva con i corbezzoli rossi e gibbosi, ma teneri. Se era necessario prendeva un altro piatto. Il motivo era ovvio: i cachi, i corbezzoli e le sorbe, sono frutti tutti molto morbidi e deperibili; sarebbero rimasti schiacciati dagli altri frutti, tutti più duri. Con le noci ci faceva il nocino. Ecco da dove proveniva il nocino che vedevo nella credenza di zia Vittoria. I cornioli, invece, che erano in pratica contati, li metteva, solo due o tre per volta, nelle bottiglie con l'alcool, per aromatizzarlo. Qualcuno lo regalava pure a Papele, che abitava di rimpetto. Ci faceva la sua famosa grappa al corniolo. Ogni tanto ne aveva regalata qualche bottiglia anche a mio padre. Di nascosto, però, perché distillare la grappa era proibito dalla legge. Con le sorbe e i corbezzoli, invece, ci faceva le confetture. Con le mandorle e le nocciole dei deliziosi croccanti spacca denti. Una volta avevo pure assistito alla raccolta dei suoi frutti, zia Maria grande quella raccolta la faceva sembrare un rito. Si prendeva tutto il suo tempo, tanto non aveva niente di più urgente da fare. Le mandorle e le noci le raccoglieva da terra col mallo, dopo averle fatte cadere dal ramo con una lunga asta ricurva in punta che chiamava "ancinu". Poi le metteva su un mattone di terracotta e le percuoteva, ma dolcemente, con un pezzo di pietra o un mattone, per togliere tutti i residui di scorza e mostrarne perfettamente la buccia dura. Le puliva, le sciacquava, le asciugava. Poi le metteva a seccare all'aperto, se andava bel tempo, su un graticcio di canne. All'interno della sua cucina rustica se pioveva o se c'era molta umidità nell'aria. Solo quando era assolutamente certa che erano perfettamente asciutte le prendeva con le mani giunte a forma di coppa e le lasciava cadere in un piccolo paniere di vimini che chiamava "panaru". A quel punto le mandorle e le noci della zia erano tutte ben pulite e tutte di un bel colore beige uniforme. Le nocciole non erano molte, sebbene l'albero avesse una trentina d'anni, era poco più di un arbusto. Zia Maria grande le prendeva una a una direttamente dai rametti e le metteva in un piccolo paniere. Al contrario delle noci e delle mandorle, non avendo il mallo, erano già pulite e con la buccia di un bel marrone sfumato. Non doveva sprecarci nemmeno troppo tempo. Le pere e le mele vergnine le coglieva direttamente dal ramo, salendo su una piccola scala. Non erano ancora perfettamente mature. Lei le ordinava in schiere perfette, sui graticci che aveva badato a rivestire con qualche filo di paglia, perché le bucce non fossero segnate dal contato diretto con le canne e con lo spago. Si potevano guastare. Le lasciava riposare e maturare, con pazienza, perfettamente, concedendo loro tutto il tempo che serviva. A mano a mano che le pere e le mele maturavano, le consumava per se o le portava in regalo ai nipoti. Più le mele che le pere, però. Perché una parte delle mele la riponeva in una cassa che le faceva anche da dispensa e dove si sarebbero conservate per settimane - ma che dico! - per mesi. Le pere, invece, più deperibili, intere, se erano piccole, oppure tagliate in quattro spicchi, se erano più grandi, le conservava, con tutto il torsolo e il picciolo, affogate nell'aceto, in grossi barattoloni che lei chiamava "boccacci". Poi, ogni tanto ne prelevava qualche cucchiaiata, che usava come contorno, in assenza di verdure fresche, o come dessert e digestivo dopo pranzi abbondanti. Mi ricordo che una volta capitai da quelle parti un bel pomeriggio di novembre, intorno al giorno di San Martino. Come il solito scortavo mia madre in visita da zia Vittoria. Avrò avuto non più di cinque anni. Zia Maria grande aveva appena raccolto una mezza dozzina di cachi maturi e li aveva riposti, come il solito, sul grande piatto piano. Poi, evidentemente, si era dovuta allontanare d'urgenza, e aveva appoggiato il piatto sul davanzale della finestra. All'esterno. Al ritorno li avrebbe portati dentro casa, in cucina. Fui subito attirato dall'arancione intenso di quei piccoli frutti tondi, il cui sapore, peraltro, non conoscevo ancora molto bene. Ma, prima ancora ai cattivi pensieri mi trascinò un invitante, intenso, irresistibile profumo di vaniglia, che proveniva dal piatto sul davanzale. La tentazione era troppo grande. Dovevo inventarmi assolutamente qualcosa per rubarne e mangiarne almeno uno. Mi chiesi se per caso ai gatti piacessero i cachi. Magari avrei potuto arraffarne uno e far ricadere la colpa su uno dei tanti gatti che affollavano il cortile. Ma, non avevo una risposta sicura per quella domanda bislacca. Mi ricordai, però, di una cosa buffa, detta in latino maccheronico, che sentivo da un mio amico più grande che, per giustificare le sue scorribande alla ricerca di frutti in tutti gli orti del paese, diceva sempre: *"roba magnatorium non se porta in purgatorium!"* Incoraggiato da quella benevola e più che indulgente disposizione della legge, ma anche dai rapporti di parentela stretta col legittimo proprietario dei cachi, fu troppo facile per me sottrarne uno dal piatto. Il più bello, il più tondo, quello che mi sembrava più maturo e appetitoso. Lo spolverai appena con un energico soffio, poi lo asciugai col fazzoletto e lo addentai subito. La polpa era tenerissima, il primo morso al cachi mi si sfaldò tra la lingua e il palato. Capii subito che non era necessario usare i denti. Lo succhiai, come fosse un gelato alla crema. Lo svuotai letteralmente. Mi rimase tra le dita solo la buccia arancione, liscia e ripulita che penzolava gocciolante, ancora attaccata al picciolo verde che reggevo tra le dita. Finì in bocca anche quella. Ormai la soddisfazione per la ghiottoneria appena mangiata era solo lontanamente appannata dalla preoccupazione, peraltro relativa, di una possibile reazione di zia Maria grande. Compresi che mi sarebbe bastato allontanarmi velocemente dalla scena del crimine, senza farmi vedere, per allontanare anche da me la possibilità di essere incolpato del piccolo furto. Nessuno mi aveva visto sul posto. Nemmeno quando ero arrivato. Nessuno mi aveva visto prendere e mangiare il frutto proibito. Nessuno mi avrebbe visto allontanarmi. E pure se fosse successo che qualcuno mi vedesse non c'erano prove che a rubare il cachi fossi stato io. Insomma, potevo considerarmi in una botte di ferro. Per tornare a casa, evitai accuratamente la stradina d'ingresso al cortile, attraversai i campi e gli orti vicini. Il reato, come avevo largamente previsto, restò impunito. Nessuno avrebbe potuto associare il furto del cachi alla mia persona. Per un po' stetti molto attento ad ascoltare tutti i discorsi che si facevano in famiglia, per capire se qualcuno di casa nostra potesse nutrire dei sospetti su di me. Ma, con mia grande e piacevole sorpresa non se ne parlò mai, mai fu fatto un minimo cenno. Probabilmente mi ero preoccupato inutilmente. Per un eccesso di sicurezza aspettai ancora un paio di settimane, prima di tornare sul luogo del delitto. Il giorno che decisi di farlo, per pura combinazione, sulla stradina che portava al cortiletto, incontrai zia Maria grande. Mi accolse con un largo sorriso. Mi sentii nudo. Ecco! Ero stato scoperto. Mi preparai al peggio. Era una scena che avevo già vissuto nella mia mente, quando l'avevo preconizzata, per non essere preso in castagna. Zia Maria, sempre per pura combinazione, portava in mano bene in alto, come un'offerta votiva, un piatto piano, con una mezza dozzina di cachi. Mi salutò affabile e, con un altruismo che m'insospettì, me ne offrì uno. *"Prendi, prendi, Totò! Prendine uno. Sanno di vaniglia, per quanto sono dolci. Sono buonissimi. Non ne hai mai assaggiato uno così!"* Poteva essere un tranello e certamente lo era. Voleva che mi confondessi e che confessassi il furto del cachi. All'inizio fui molto resistente. E, pure, se fosse stata in buona fede, non avrebbe voluto approfittare lo stesso della sua disponibilità. Poi, davanti alle sue insistenze, dovetti cedere e accettare quasi per forza il frutto che mi stava offrendo. *"Grazie! Grazie, zia Marì. Pensa, è il primo cachi che assaggio quest'anno!"*

Infingardo, che non ero altro. Mi meravigliai di me stesso: della mia freddezza, della mia prontezza di spirito e, infine, anche della mia risolutezza. Pensai davvero che stavo diventando grande. Ma, che altro potevo fare o dire, senza rischiare di dover confessare la mia vera essenza di ladro di cachi? Il ricordo di quell'episodio e di quel luogo, la memoria di quel sapore e di quei profumi mi ha accompagnato per mezzo secolo. Senza mai abbandonarmi. E, a distanza di cinquant'anni da quell'episodio, ancora aspetto di trovare un cachi con un sapore simile a quello delizioso, meraviglioso, gustosissimo rubato a zia Maria grande.

INDICE

Lightning Source UK Ltd.
Milton Keynes UK
UKHW020802280921
391315UK00013B/753

9 780244 096090